HEYNE <

Jeanine Krock

HIMMELS SCHWINGEN

WILHELM HEYNE VERLAG
MÜNCHEN

MIX
Papier aus verantwortungsvollen Quellen
FSC® C014496
www.fsc.org

Verlagsgruppe Random House FSC-DEU-0100
Das für dieses Buch verwendete
FSC®-zertifizierte Papier *Holmen Book Cream*
liefert Holmen Paper, Hallstavik, Schweden.

Originalausgabe 02/2012
Redaktion: Catherine Beck

Printed in Germany 2011
Umschlaggestaltung: Nele Schütz Design, München
Satz: Leingärtner, Nabburg
Druck und Bindung: GGP Media GmbH, Pößneck

ISBN 978-3-453-52899-4

www.heyne-magische-bestseller.de

Hätte sie an jenem Junimorgen zur Festungsinsel hinübergesehen, statt sich nach einer langen Nacht auf ihr Lager sinken zu lassen, wäre sie vielleicht Zeugin einer ungewöhnlichen Begegnung geworden. Ein Engel saß in beachtlicher Höhe auf dem rechten Arm eines goldenen Kreuzes, an dem ein deutlich größeres Abbild des himmlischen Kriegers solcherart befestigt war, dass man glauben konnte, er flöge mit seiner doppelten Last über den außerordentlich spitzen Kirchturm hinweg.

Während sich bei der Ahnungslosen dort unten ein erster Traum einstellte, erschien ein weiteres geflügeltes Wesen, das ihr gewiss gefallen hätte – war doch nicht zu übersehen, dass es sich um eine besondere Himmelsbotin handelte. Sie flog in einem langgestreckten Bogen um den sonderbaren Turm herum, ließ sich danach auf die linke Seite des Kreuzarms fallen und beugte sich weit vor, wie es wohl nur jemand wagte, der sich seiner Unsterblichkeit in diesem Augenblick ganz sicher sein konnte. Nicht aber so weit, wie es der andere neben ihr tat.

»Na?«, sagte sie, nachdem klar war, dass er das Gespräch nicht eröffnen würde. »Denkst du über deinen Sturz nach?«

Samjiel sah auf. Mit einem Blick erfasste er die Tätowierungen, die ihren Körper zierten und an die Ikonen erinnerten, von denen er eine in seiner Tasche trug. Als hätte er sie gern länger angesehen, zögerte der Engel und wandte den Kopf dann doch beiseite. »Du hast nichts an!« Und etwas leiser fügte er hinzu: »Iris.«

»Mein Ruf eilt mir voraus?«

Der Engel wusste nicht, ob sie damit ihre Vorliebe für Freikörperkultur meinte – gleichwohl er noch nie gehört hatte, dass es eine solche unter Engeln überhaupt gab –, oder ihren Körperschmuck, der sie in der Tat zu einer einzigartigen Himmelsbewohnerin machte.

Sie ließ die Beine baumeln und betrachtete die lackierten Fußnägel, deren grüne Farbe sich in der Girlande aus kleinen Blättern wiederfand, mit der ihre Knöchel geschmückt waren. »Keine Sorge, ich sitze nicht hier, um dich zu richten.«

Dieser Gedanke erschien ihm dermaßen absurd, dass er den Impuls verspürte zu lächeln. Doch der Moment war schnell vorüber, und wer ihn kannte, wäre niemals auf die Idee gekommen, dass es etwas anderes als die Sonnenstrahlen gewesen sein könnten, die sein Gesicht ganz kurz zum Leuchten gebracht hatten.

Womöglich hätte er der leicht dahingesagten Bemerkung einen ungleich schärferen Kommentar entgegengesetzt, aber Iris war schon gesprungen. Dabei hatte sie sich von dem bestimmt für sie recht unbequemen Kreuz abgestoßen, sodass dieses nun stark genug schwankte, um die Aufmerksamkeit der Menschen auf sich zu ziehen, die unten auf dem Vorplatz der Kirche standen, den Kopf weit in den Nacken gelegt und das Gesicht seltsam verzogen bei dem Versuch, ein Foto vom höchsten Turm der Stadt zu machen. Den Engel, der, um nicht das Gleichgewicht zu verlieren, seine Schwingen geöffnet hatte, sahen sie allerdings nicht.

Wachsam beobachtete Samjiel ihren Fall – die Leute interessierten ihn nicht – und gestattete sich, die selbstverständliche Eleganz zu bewundern, mit der die farbenfrohe Gestalt erst in letzter Sekunde vor dem Aufprall die glänzenden Flügel ausbreitete und mit wenigen Schlägen in den Himmel aufstieg, wo er sie bald aus den Augen verlor. Warum er dabei etwas spürte, das ihm ein anderer als Verlustgefühl hätte erklären können, wusste er nicht. Wollte es nicht wissen, denn es war nicht nur unbegreiflich, weshalb er auf einmal Gefühle haben sollte – dies war ja auch strengstens verboten. »Bin ich verdammt?«, fragte er eine vorübergleitende Möve, die keine Antwort gab, sondern erschrocken abdrehte, während Samjiel Iris' Flugmanöver imitierte und über die glitzernden Fluten der Newa davonflog.

Als am nächsten Tag der blau schimmernde Abendhimmel auf eine rosige Morgensonne traf und die Kellner in den Straßencafés noch weit nach Mitternacht neue Bestellungen aufnahmen, kehrte Samjiel zurück, ließ sich auf dem vergoldeten Kreuz nieder und dachte an seine Mission. Das Mädchen war eine Abnormität, Kind einer Verbindung von zwei gefallenen Engeln; der Junge war eine Überraschung. Keiner Religion zugehörig, fühlte der sich, soviel wusste Samjiel inzwischen, auf eine ihm unbegreifliche Weise zu den Heiligenbildern der orthodoxen Kirche hingezogen. Mit dem Ergebnis, dass er sie zu stehlen begonnen hatte. Und weil es in seinem Leben keinen Platz gab, um die Kostbarkeiten zu verwahren, verkaufte er sie – mit wachsendem Erfolg. Dass er jüngst selbst geflügelte Wesen in den Straßen seiner goldenen Stadt zu sehen glaubte, beunruhigte den Jungen nicht. Viel zu oft hatte er weit unheimlichere Dinge in Lösungsmitteln und später, da es ihm dank seiner Raubzüge besser ging, auch schon mal in Kanistern mit *Wässerchen* ertränkt. Bis zu dem Tag, an dem die wahren Herren von Sankt Petersburg auf ihn aufmerksam geworden waren und nur das beherzte Eingreifen des Mädchens ihn vor dem sicheren Tod bewahrt hatte.

Er ahnte es nicht, aber es war sein Unglaube, der ihm bald darauf zum zweiten Mal das Leben rettete. Samjiel erinnerte sich daran, wie er das Schwert hatte ziehen wollen, um dieser Existenz ein Ende zu setzen.

Und dabei war es passiert. Genau in dem Moment, als er dem Besinnungslosen das antike Kunstwerk aus der kleinen Faust zog, meinte er das leise Echo einer Hingabe zu spüren, mit der es vor vielen Hundert Jahren geschaffen worden war. Eine Hingabe, die er auch in dem Jungen wiederfand, bei diesem jedoch der Kunst und nicht der Religion galt und sein Interesse geweckt hatte.

Die Fingerspitzen des Engels bebten, als er jetzt über das Holztäfelchen strich, das wenig größer war als eine Postkarte. Besorgt verbarg er es und nahm einen Schluck aus der schlichten Flasche. Sofort fraßen sich die Flammen durch seinen Körper, brachten das Gesicht zum Erglühen und brannten sich am Ende noch tiefer in seine Seele hinein. So würde es auch sein, dachte er, wenn der Jüngste Tag für ihn gekommen war. Und lange konnte das nicht mehr dauern. Michael vertraute ihm, keine Frage, aber Gerüchte tanzten schneller als ein Sonnenstrahl, und das Auftauchen der eigenartigen Wächterin bedeutete nichts Gutes. Vielleicht aber war es Vorsehung, dass sie, von der man munkelte, sie sympathisiere mit den *Gefallenen*, ihn hier gefunden hatte. In diesem winzigen Augenblick der Schwäche lehnte er sich vor und wünschte, er besäße keine Flügel.

»General!« Als sie sich Stunden später auf den schmalen Querbalken fallen ließ, schwankte das Kreuz, und das half ihm, die Kontrolle über das Unerklärliche vorerst zurückzugewinnen. Diesmal war sie bekleidet. Die bunten Bilder auf ihrer Haut – von der sie immer noch viel zeigte – spiegelten sich in den opalfarbenen Federn, bis sie die Flügel zusammenfaltete und hinter dem Rücken verbarg; scheu, beinahe so, als hätte sie sein Interesse gespürt.

»Samjiel.« Er wollte nicht, dass sie davonflog. »Ich heiße Samjiel«, sagte er deshalb noch einmal und lächelte. Das konnte er durchaus. Schmunzeln, drohen, Gefühle zeigen. Jeder in seinen Legionen verstand sich darauf, die äußeren Zeichen von Emotion zu imitieren. Nur mit der Wärme, die ihn durchflutete, als sie zurücklächelte, hatte er nicht gerechnet.

»Und was tust du hier, Samjiel? Ein bisschen abhängen vielleicht und die Weißen Nächte genießen?«

War das ein Zwinkern? Sprachlos versuchte er ihre Gedanken zu ergründen, traf dabei auf eine Mauer aus Belustigung und zog sich eilig zurück. Um sie nicht ansehen zu müssen, blickte er über die Dächer der Stadt. Wie eine Kette schimmernder Perlen legte sich ihr Lachen um seinen Hals. Sie, davon war er überzeugt, hatte in diesem Bruchteil einer Sekunde mehr über ihn erfahren, als er zu teilen bereit gewesen war, und jetzt lachte sie ihn aus, weil der Sturm in seinem Inneren ihn ins Wanken brachte – weil er, der für die alte Ordnung stand wie kaum ein Zweiter, die Kontrolle zu verlieren drohte. Gefühle quälten ihn, von deren Existenz er bis vor Kurzem nichts geahnt hatte. Er tat das Einzige, was ihm in diesem Augenblick einfiel, um der drohenden Katastrophe zu entgehen: Er kehrte ihr den Rücken zu, breitete seine Schwingen aus und vertraute sich dem Wind an.

Die Feder war nicht ganz so makellos, wie Samjiel vielleicht glauben mochte. Lächelnd fing Iris sie auf und sah ihm nach. Bald verschmolz die helle Silhouette des Kriegers mit dem Wolkenschleier, der heute über der Stadt lag. Was sie in seiner Seele gesehen hatte, beunruhigte sie weniger als die Tatsache, dass sie überhaupt in der Lage gewesen war, etwas darin zu lesen.

Mit geschlossenen Augen ließ sie sich rücklings von ihrem luftigen Sitz hinunterkippen.

Während des Flugmanövers streiften ihre Schwingen beinahe das Kirchendach. Sie lachte und erlaubte sich das Vergnügen, dicht über die ersten Sonnenanbeter hinwegzugleiten, die sich bereits am Strand der Newa eingefunden hatten. Ein Mädchen in Shorts und einem erdbeerfarbenen Shirt schlang fröstelnd die Arme um den Körper und suchte den strahlend blauen Himmel nach etwas ab, das ihr solches Unbehagen bereitete.

Armer Samjiel, es gibt mehr Sehende, als du denkst! Von

diesem erfreulichen Gedanken begleitet und die gestohlene Feder in der Tasche, folgte sie ihm über die breit dahinfließende Newa. Am anderen Ufer verschwand er kurz aus ihrem Blickfeld, um wenig später als Mensch und nun für jedermann sichtbar wieder hervorzutreten.

Um ihm besser folgen zu können, verzichtete sie darauf, es ihm nachzutun, und navigierte ungesehen zwischen den Passanten hindurch, die Flügel dicht am Körper, um niemanden aus Versehen damit zu streifen. Sterblichen war es nicht immer zuträglich, von einem Engel berührt zu werden, und eine Ohnmacht auf offener Straße oder noch Schlimmeres hätte Samjiel gewarnt. Schon ohne solch einen Zwischenfall war es schwierig genug, unbemerkt zu bleiben. Den General durfte man nicht unterschätzen. Selbst wenn er eine unerwartete Schwäche gezeigt hatte oder, wie in diesem Augenblick, scheinbar ohne Ziel durch die Stadt schlenderte. Samjiel war der oberste Heerführer der Gerechten und nur sich selbst sowie dem Erzengel Michael verantwortlich. Jemand wie er kam nicht auf die Erde, um einfach mal auf einem Kirchturm zu sitzen oder einen Spaziergang zu machen.

Später verlangsamten sich seine Schritte, er schien aufmerksam auf etwas zu horchen, das vielleicht nur er hören konnte.

Was der Grund für sein Herumstreunen sein mochte, das so gar nicht in ihr Bild von einem Gerechten passen wollte, würde sie nur ergründen können, wenn sie ihm folgte. Genau dies tat sie mit äußerster Konzentration und hätte trotzdem beinahe zu spät bemerkt, dass er plötzlich stoppte. Erschrocken zog sie sich in einen Hauseingang zurück. Am liebsten wäre sie davongeflogen. Mit klopfendem Herzen lehnte sie sich an die Hauswand und atmete einmal tief durch. Aus der Ferne hörte man den mittäglichen Salutschuss von der Festung. Ein Mann blieb unmittelbar vor ihr stehen, stellte umständlich seine Armbanduhr und blockierte den Eingang. Sie widerstand der Versuchung, ihm einen kleinen mentalen Anstoß zu geben, damit er endlich weiterging. Samjiel wäre die Magie in seiner unmittelbaren Nähe nicht entgangen.

Kaum war der Mensch aus ihrem Sichtfeld verschwunden, sah sie um die Ecke. Der Gerechte hatte sich wieder in Bewegung gesetzt und bog nun weiter vorn in die nächste Seitenstraße ein.

Iris nahm die Verfolgung erneut auf und musste grinsen, als sie sah, was seine Aufmerksamkeit erregt hatte. In einem Schaufenster waren Heiligenbilder und Engelsfiguren ausgestellt. Den Erzengel Michael mit gezücktem Schwert gab es gleich in mehrfacher Ausführung. Kein Wunder, dass Samjiel so grimmig gewirkt hatte, denn sein Chef hasste die vielfältigen Darstellungen, die von ihm existierten. Dabei war er manchmal ganz gut getroffen. An der Statue auf der Engelsburg in Rom beispielsweise gefiel ihr der tief auf den Hüften gegürtete Rock außerordentlich. *Schade, dass diese Kleidung aus der Mode gekommen ist*, dachte sie und gab einer der Figuren, die vor dem Laden aufgestellt waren, einen leichten Stoß. Klappernd fiel diese um und riss alle anderen mit sich, als wären sie Dominosteine in dem berühmten Spiel. Übermütig lachend lief Iris weiter. Mit einem Plastikengel Schabernack zu treiben, war einfach. In Wirklichkeit fürchtete sie sich vor dem übellaunigen Erzengel.

Samjiel war inzwischen ein gutes Stück vorangekommen, und wenig später überquerte er die Schlossbrücke, auf der jeder Fußgänger schneller vorwärtskam als die zahllosen Fahrzeuge. Beim Anblick der gegenüberliegenden Uferpromenade erkannte sie, dass sie einen großen Bogen gegangen waren. Es blieb ihr kaum Zeit, um das beeindruckende Ensemble der Eremitage zu bewundern. Die Fassaden waren vor nicht allzu langer Zeit frisch gestrichen worden. Jetzt leuchteten sie wieder wie reich verzierte Marzipantorten, auf die jemand sahneweißen Stuck aus einer Spritztüte aufgetragen hatte. Bisher hatte der feine Staub aus Hunderttausenden von Autos keinerlei sichtbare Spuren hinterlassen – anders als in den Körpern der Passanten, von denen an windstillen Tagen nicht wenige Mühe hatten, Atem zu schöpfen, weil ihre Lungen dunkel waren wie die eines Kettenrauchers. Zum Glück mangelte es hier am Fluss, der weiter draußen ins Meer mündete, ebenso wenig an einem stetig wehenden Wind, wie es an Gold fehlte. Die Menschen liebten das glänzende Edelmetall und ließen keine Gelegenheit aus, aller Welt zu zeigen, dass sie es sich leisten konnten, ihre Stadt und sich selbst damit zu schmücken.

Mehr Dekorationen, dachte sie, *hätte man an diesen Fassaden auch nicht anbringen können, ohne sich der Lächerlichkeit preiszugeben.* Und doch reichten sie bei Weitem nicht an die feudale Gestaltung im Inneren der Paläste und Museen heran.

Als das Winterpalais unter der Zarin Elisabeth I. ausgebaut wurde, hatte Iris im Palast zu tun gehabt und war seither häufiger zurückgekehrt, um sich an den fantastischen Kunstwerken zu erfreuen, die dort aufbewahrt wurden. An die vielen Bilder zu denken, die in feuchten Magazinen vergessen lagerten, anstatt ihren Betrachtern Freude zu bereiten, tat ihr in der Seele weh.

Viel Zeit für Erinnerungen blieb ihr nicht. Um im größer werdenden Gedränge nicht aus Versehen jemanden zu berühren, musste ein unsichtbarer Fußgänger *höllisch* aufpassen. Wobei dieses Wort sicherlich nicht glücklich gewählt war, dachte Iris und sprang auf das Brückengeländer, ohne dabei ihre Schwingen zu öffnen. Gerade noch rechtzeitig, um den Zusammenstoß mit einer ziemlich kräftigen Frau zu vermeiden, deren Art sich zu kleiden sie als Fremde auswies. Für Samjiel, so erschien es ihr von ihrem erhöhten Ausblick, öffnete sich der Strom der Passanten wie einst das Meer dem auserwählten Volk. In diesem Fall jedoch kein Wunder – die meisten von ihnen waren bestimmt einen halben Kopf kleiner, und niemand bewegte sich wie er, ohne den geringsten Zweifel daran, zum Besten zu gehören, das jemals geschaffen worden war. Ein himmlischer Krieger, wie ihn die Menschheit nur noch aus dem Museum kannte. *Die personifizierte Arroganz*, fügte Iris in Gedanken hinzu.

Samjiel würde ihre Meinung nicht kümmern. Die Menschen interessierten ihn ebenso wenig wie andere Engel, und Iris hegte nicht ohne Grund Zweifel daran, dass er überhaupt etwas Vergleichbares wie Freude kannte. Er gehörte zu denjenigen, die ausgesandt worden waren, die alte Ordnung wiederherzustellen. Eine Ordnung, in der es nur einen Platz gab für *ausgeflippte Engel und ihre Brut*. Und der war bei Luzifer – dem Abtrünnigen, der sich immer noch *Lichtbringer* nennen ließ und doch nur den Untergang der Schöpfung im Sinn hatte. So oder so ähnlich hatte Iris es schon unzählige Male von einem dieser selbst ernannten Gerechten gehört.

Wie konnte man nur so verbohrt sein? Von den sogenannten *Gefallenen* hatten sich keineswegs alle der Dunkelheit zugewandt. Viele arrangierten sich recht gut mit ihrem Schicksal, ohne ihre Ideale zu verraten. Dabei halfen sie den Armen, pflegten Kranke oder zeugten mit ihren sterblichen Partnern neues Leben; Kinder der Liebe, deren wunderbare Talente jeden Tag den Blick für die Schönheiten des Daseins schärften.

An einen Pfeiler gelehnt, dachte sie an die zahllosen Kunstwerke, die sie in ihrer langen Existenz nur hier auf der Erde gefunden hatte. Natürlich gab es in der magischen Welt andere, weit mysteriösere Erscheinungen, und hätte ihr jemand erzählt, dass selbst die Unterwelt Zauberhaftes für ihre Bewohner bereithielt, sie wäre nicht überrascht gewesen.

Wie auf ein Stichwort verwandelten die Strahlen der Abendsonne die Newa in einen verwunschenen Spiegel, in dessen Tiefe alles Gold der Stadt zusammenfloss. Über ihr schwebten Wolkenbänder vom Wind gerupft, die Ränder ausgefranst wie die Kanten handgeschöpften Papiers. Und ein Blatt Papier war es auch, das sie aus ihren Träumereien riss. Es flatterte wie ein kleiner Vogel über den Köpfen der Passanten, sank zu Boden und wurde gleich darauf vom Sog einer Enduro aufgewirbelt, deren Fahrer im Stau im dichten Verkehr die Geduld verloren zu haben schien. Anders waren die halsbrecherischen Manöver jedenfalls nicht zu erklären, mit denen er sich mit seiner Cross-Maschine zwischen den Autos hindurchdrängte und sogar über den Bürgersteig raste, was ihm einige saftige

Flüche der Passanten einbrachte. Doch der junge Mann lachte nur und zeigte den nächsten gewagten Stunt, in dem er sich durch den Gegenverkehr schlängelte. Noch während sie der schmalen Gestalt nachsah, hörte sie neben sich ein Schnaufen. »Nicht mal einen Helm trägt der Idiot!«

»Den braucht er nicht mehr, seine Zeit ist bald abgelaufen. Aber dich! Also sieh zu, dass du ihn rechtzeitig einholst, bevor er in falsche Hände gerät!«, warf Iris ein.

Der Schutzengel neben ihr zuckte zusammen.

Hoppla, da habe ich wohl vergessen, dass meine lieben Kollegen mich auch nicht sehen können! Lachend erlaubte sie ihm einen Blick auf ihre Engelsgestalt.

Erschrocken wich er zurück. »*Vigiles!* Wächterin, ich habe nichts getan!«

Genau das dürfte dein Problem sein, dachte Iris und bemühte sich um einen Gesichtsausdruck, der nichts von ihrem Ärger verriet. Sie wusste, was er sah: eine moderne Jeanne d'Arc mit wildem, blau gefärbtem Haar, zu allem entschlossen. Ausgerüstet mit Brustpanzer und einem Kettenhemd, das ihr fast bis zu den Knien reichte, hätte niemand sie mit einem der ätherisch zarten Schutzengelwesen verwechselt. Sanfter, als ihr zumute war, sagte sie: »Geh schon, seine Seele braucht dich!«

Während der Schutzengel daraufhin davonstob, als wären die Apokalyptischen Reiter hinter ihm her, seufzte sie und erinnerte sich endlich an ihre eigene Aufgabe.

Mit den Fingerspitzen strich sie über die Feder in ihrer Tasche, öffnete ihre Schwingen und flog voller Vorfreude hinauf zu den zerrupften Wolken. Die Thermik war hier über der Stadt ein bisschen unzuverlässig, und ein kühler Wind trug den Duft des nahen Meeres zu ihr herüber, der sich mit den weniger angenehmen Gerüchen von billigem Benzin und der zahllosen Schornsteine vermengte. Doch Iris liebte nichts mehr als das Fliegen und genoss jede Böe, sodass sie sich für einige Minuten im Tanz mit dem heiser flüsternden Westwind verlor. Eine echte Herausforderung war der Flug jedoch nicht, deshalb gab sie ihr Spiel mit den Elementen bald wieder auf und machte sich ernsthaft auf die Suche nach dem entschwundenen Gerechten. Vor allen Augen verborgen glitt sie lautlos über die Dächer von Palästen und Häusern hinweg, durch Straßenfluchten und über Baumwipfel, Samjiels Feder wie einen Kompass haltend, bis sie ihn in einem belebten Straßencafé sitzen sah, das Gesicht mit einer Hand beschattet, regungslos.

»Ist hier noch frei?«

Ohne sich ihr zuzuwenden, ließ Samjiel den Arm sinken und schlug ein Bein über das andere. »Ah, da bist du ja.«

Sonst schien niemand ihre Ankunft bemerkt zu haben. Auf die Großstädter konnte man sich in solchen Dingen verlassen. Sie kümmerten sich um ihre eigenen Angelegenheiten und ignorierten einfach all das, was sie in Schwierigkeiten bringen könnte. Wer würde es ihnen auch glauben, berichteten sie von einer jungen Frau, die wie aus heiterem Himmel plötzlich mitten unter ihnen erschienen war?

Wenig begeistert von der Vorstellung, Samjiel hätte sich einen Spaß erlaubt und sie die ganze Zeit am Gängelband durch die Straßen geführt, ohne dass sie ihm auf die Schliche gekommen war, zog Iris eine Sonnenbrille aus der Tasche, setzte sie auf und winkte dem Kellner. Dabei versuchte sie unauffällig zu ergründen, was Samjiel auf der anderen Straßenseite so sehr interessierte, dass er sie nicht einmal wegen ihres Auftritts tadelte. »Wusstest du«, fragte sie, ohne auf seine Bemerkung einzugehen, »dass es in Isfahan unglaublich viele Spatzen gibt?« Erst, als er nicht reagierte, erkannte sie, wie wichtig es ihr war, ihn aus der Reserve zu locken. Samjiel, stellte sie fest, während sie wortlos beieinandersaßen, hatte eine Art an sich, die zum Widerspruch reizte und die Lust weckte, mit ihm zu streiten, bevor er ihr überhaupt einen Anlass dazu gab. Ein riskantes Spiel, wenn man bedachte, mit wem sie es zu tun hatte.

Und dann, als sie es schon fast aufgegeben hatte, ihm irgendeine Erwiderung zu entlocken, zuckte seine linke Augenbraue. »Ja.«

Das ist ja mal eine ausführliche Antwort! Wider Willen belustigt wies sie auf einen Schwarm Spatzen, der tschilpend über eine Brötchenhälfte herfiel, die jemand, absichtlich oder nicht, auf dem Mäuerchen am Brunnen liegen gelassen hatte. »Hier auch.«

Dieses Mal erwartete sie keine Antwort und war daher überrascht, als sie das amüsierte Zucken um seine Mundwinkel bemerkte. »Offensichtlich«, war dann aber alles, was er sagte, und noch immer sah er sie nicht an.

Auch wenn sich der Engel an ihrer Seite nicht besonders gesprächig zeigte, so schien er doch zumindest bereit zu sein, sich überhaupt mit ihr abzugeben. Was, wenn sie bedachte, dass es häufig nur das Schwert eines Gerechten war, das zu Kriegerinnen wie ihr sprach, schon als ungewöhnlich betrachtet werden konnte.

Bevor Iris Samjiel etwas Schnippisches entgegnen konnte, stellte der Kellner den bestellten Espresso Latte schwungvoll vor ihr abstellte, sodass der Kaffee unter dem Schaum hervorschwappte. Ungerührt verlangte er eine beachtliche Summe für das nunmehr nur halb volle Glas, ohne sich zu entschuldigen oder gar Anstalten zu machen, die braune Flüssigkeit fortzuwischen, die langsam der Tischkante entgegenfloss. Iris rückte ein wenig näher an Samjiel heran, sorgte sich aber keineswegs um mögliche Flecken auf ihrer ohnehin reichlich ramponierten Jeans, sondern blinzelte ihn an. »Würdest du vielleicht …?«

»Ich hab nicht den ganzen Tag Zeit.« Unbewusst half ihr der Kellner mit seinem unfreundlichen Drängen.

»Ich mach das.« Samjiel langte in seine Hosentasche, holte einige Scheine heraus und drückte sie dem Mann in die Hand. Der griff danach und zählte erst nach, als er schon zum nächsten Gast unterwegs war.

»Danke, das war nett!«, sagte Iris und fügte leiser hinzu: »Wer hätte das gedacht?«

Auf ihren leichten Ton ging er nicht ein. »Was für ein Spiel wird das?«

»Spiel?« Sie sprang auf den Gehweg, wo jemand die Linien eines alten Hüpfspiels mit Kreide aufgemalt hatte. »Huch, jetzt bin ich in der *Hölle* gelandet.« Mit betrübter Miene sah sie auf ihre Füße. »Aber zum Glück nur mit dem großen Zeh!«

»Iris!«

Zum ersten Mal war es ihr gelungen, eine Emotion zu provozieren. Wenn auch nicht unbedingt eine positive. Er klang alles andere als amüsiert.

»Ach, sei doch kein Langweiler. Ich bin gerade angekommen.« Gekonnt übersprang sie das Feld *Erde* und begann von vorn. »Bis ich Genaueres über meinen Job erfahre, kann es noch Tage dauern.«

Selbstverständlich war ihm bekannt, dass Wächterengel, anders als er selbst, jedes Mal nackt wie ein Neugeborenes auf der Erde ankamen und erst zusammen mit ihrem Auftrag eine passende Identität, Geld und neuerdings sogar Ausweispapiere erhielten. Das Elysium allein wusste, woher diese Ausrüstung stammte.

Sie hob die Hände und lächelte. »Du hast auch nichts zu tun, wie es scheint. Warum sollten wir die Wartezeit nicht gemeinsam verbringen? Ich könnte dir die Stadt zeigen«, fügte sie hinzu, als müsste sie ihren Vorschlag näher erklären, setzte sich wieder und lehnte sich zurück. Dabei gab sie vor, es gäbe im Augenblick nichts Interessanteres für sie als die Flaneure auf der prachtvollen Einkaufsstraße.

Zuerst passierte nichts. Iris' Geduld würde wohl in Zukunft häufiger gefragt sein. Eine Disziplin, in der sie noch nie zu den Besten gehört hatte. Die Spatzen, die sie eben noch so trefflich unterhalten hatten, waren weitergezogen, der Himmel hatte sich sein schönstes Abendkleid übergestreift. *Die Zeit macht heute merkwürdige Sprünge*, dachte Iris und fragte sich, ob das etwas zu bedeuten hatte.

»Warum?«, fragte er.

Fast hätte sie das Zwinkern übersehen. Iris richtete sich in ihrem Sessel auf. Er hatte angebissen, nun musste sie nur noch dafür sorgen, dass der Fisch auch an der Angel blieb. »Befasst du dich lieber mit Sterblichen?« Dabei ließ sie eine Spur Trotz und Unsicherheit in ihren Worten mitschwingen.

Die Hand, mit der er sein Glas hob, wirkte nicht ganz ruhig. »Unsinn!« Seine Stimme war die eines Engels. An den Nachbartischen verstummten die Gespräche. Als bemerkte er nicht, was er angerichtet hatte, stand er auf und reichte ihr die Hand. »Also gut, was hast du vor?«

Iris ignorierte das Kribbeln, das schneller als ein Flächenbrand von ihrem Körper Besitz ergriff, als sie sich berührten.

Eben hatte sie einfach dahingesagt, was ihr gerade in den Sinn gekommen war. Nun überlegte sie, womit er aus der Reserve zu locken wäre, ohne dass er gleich das Weite suchte. Es war ja nicht so, als würde er das irdische Leben überhaupt nicht kennen. Andererseits wusste sie, wie Michaels Soldaten normalerweise arbeiteten: Sie erledigten ihren Auftrag möglichst effizient und vermieden längere Aufenthalte außerhalb des Himmels. *Wahrscheinlich, um nicht in Versuchung zu geraten*, dachte sie amüsiert.

Es dauerte eine Weile, bis ihr bewusst wurde, wie ungewöhnlich es war, dass Engel – und dann noch eine Wächterin und ein Vertreter der Gerechten – Seite an Seite durch diese Welt schlenderten. Nun, ganz so romantisch, wie es auf den ersten Blick aussah, war die Situation nicht, denn eigentlich zerrte sie ihn hinter sich her. Was bei genauerer Betrachtung geradezu skandalös war. Rasch ließ sie seine Hand los und blieb stehen. Das Kribbeln wurde sofort schwächer und hinterließ schließlich nur noch ein unbestimmtes Echo, das mit einem betrüblichen Verlustgefühl einherging.

Sobald der Kontakt abgebrochen war, hatte auch Samjiel abrupt haltgemacht. Nun betrachtete er die verwaiste Handfläche, und Iris hätte schwören können, dass auch er sich fühlte, als wäre ihm soeben etwas besonders Kostbares verloren gegangen.

Zu gern hätte sie einen zweiten Blick in seine Gedanken gewagt. Die Gefahr, dabei erwischt zu werden, war nur leider recht groß und hätte ihrem Plan geschadet, Vertrauen aufzubauen. Herauszufinden, ob jede Berührung dieses Gefühl auslöste, reizte sie gewaltig.

Nur ein kleiner Stups?, fragte die stets präsente Versuchung in ihr. Die lästige innere Stimme und ein ausgeprägter Hang zum Risiko gehörten zu ihren ständigen Begleitern, und beide setzten sich allzu häufig durch. In diesem Fall behielt jedoch ihre Vernunft dic Oberhand, und Iris tat es Samjiel gleich, dem man seine Verwirrung nun nicht mehr ansah.

Regungslos lehnte er an einem der golden geflügelten Brückenwächter und gab vor, den Anblick der fernen Kuppeln der Erlöserkirche zu genießen, deren Architektur dem Palast eines romantischen Großwesirs zur Ehre gereicht hätte. Über mächtigen Säulen leuchtete die Glaskuppel des Singer-Hauses, und das warme Glimmen der Straßenlaternen bildete einen Kontrast zu den weniger beleuchteten Fassaden, die mit ihrem kühlen Grau der späten Stunde wie dunkle Boten einer anderen Welt wirkten. Der unirdische roséfarbene Schimmer, der ihre Konturen weicher zeichnete, schien die Grenze zwischen Fantasie und Wirklichkeit zu markieren.

Manchmal, dachte sie, *kommt mir Sankt Petersburg wie das Puderkabinett einer farbverliebten Magierin vor.* Schließlich stieß sie sich vom kunstvoll geschmiedeten Brückengeländer ab. »Lass uns fliegen.«

Er nickte nur.

Kurz darauf tauchten sie gemeinsam in die Schatten einer ruhigen Hofeinfahrt ein und verschmolzen mit der

Umgebung, bis niemand mehr ihre Gestalt erkennen konnte. Mit kräftigen Flügelschlägen hob Iris vom Boden ab, und als sie sich umsah, folgte er ihr bereits. Sie kamen schnell voran, die Luft war ihr Element und trug die Engel mühelos ihrem Ziel entgegen.

Inzwischen hatte sie einen Plan und Samjiel deshalb in eine weniger belebte Gegend gelotst, in die sich Touristen nur selten verirrten. Den Häusern sah man ihr Alter an, keines davon war herausgeputzt wie die prachtvollen Gebäude, die sie gerade noch in einem anderen Bezirk bewundert hatte.

Von ihrer Fröhlichkeit blieb nicht viel übrig, als sie die luftigen Höhen verließ und an grauen Fassaden hinaufsah, denen die Insignien bürgerlichen Wohlstands längst abhandengekommen waren. Ob der Putz durch das feuchte Klima oder den starken Frost herabgefallen war, interessierte die Bewohner ganz bestimmt nicht so sehr wie eine funktionierende Heizung im Winter.

Der Himmel hatte einen Pastellschleier in adäquatem Grau angelegt, und in der Ferne kündigten bleifarbene Wolken Regen an, den ein kühler Wind wenig später vor sich durch die Straßen trieb. Der Baum auf dem kleinen Platz, den sie nun überquerten, bog sich unter einer Böe, die an den Blättern riss, um sie davonzutragen wie die Plastiktüte, die aufgebläht wie ein Ballon durch die Luft flog: hierhin, dorthin, bis sie in den dünnen Zweigen einer Hecke hängen blieb, die den Namen kaum verdiente, so erbärmlich war sie. Niedergetreten von achtlosen Menschen, die hier zu besseren Zeiten ganze Tage verbracht hatten, wie der herumliegende Müll verriet. Dabei luden die mit Botschaften verliebter Teenager bemalten Bänke wahrlich nicht zum Verweilen ein. Wer sich wirklich hinsetzten wollte, musste damit rechnen, sich anschließend mindestens einen Splitter aus dem Allerwertesten zu ziehen oder sich gleich eine Etage tiefer wiederzufinden, wenn das morsche Holz schließlich den Kampf gegen Natur und Physik aufgab. Die ursprüngliche Farbe erahnte ohnehin nur der Fachmann.

Obwohl das Wetter einem Engel nichts anhaben konnte, zog Iris den Kopf zwischen die Schultern und wünschte sich einen Mantel, einfach nur, um einen Kragen zu haben, den sie hochschlagen konnte. Den wenigen Passanten, denen sie begegneten, schien es ähnlich zu ergehen. Auch sie waren vom Regen überrascht worden und hielten sich dicht an den Häusern, hasteten über den zugigen Platz, instinktiv Schutz vor einer Dunkelheit suchend, die nicht zu dem Bild passen wollte, das sich Fremde von dieser Stadt machten, wenn sie im Sommer in Scharen kamen, um die prachtvollen Paläste zu bewundern und danach den Zauber der Weißen Nächte zu erleben.

»Du solltest dein Sightseeing-Programm noch einmal überdenken.« Samjiel landete neben ihr in einem Hinterhof. »Hier ist nichts.« Er faltete die Flügel zusammen, bis sie vollständig hinter seinem Rücken verborgen waren und man ihn für einen ganz normalen Menschen halten konnte. Wenn auch für einen, der in dieser Gegend nichts zu suchen hatte.

Und einen, der verdammt attraktiv ist, ging es Iris durch den Kopf. Der Gedanke erstaunte sie, denn ein angenehmes Äußeres besaßen alle Engel. Eitelkeit war ihnen fremd, sodass ihr solche Dinge normalerweise nicht auffielen.

Sie war verwirrt, und das machte es nicht leichter, der Versuchung zu widerstehen, einfach seine Hand zu nehmen und ihn wieder hinter sich herzuziehen. *Verrückt!*

Schließlich bedeutete sie ihm mit einer Kopfbewegung, ihr auf die Straße hinaus zu folgen. »Ich möchte dir etwas zeigen, aber du musst mir vorher versprechen, dich nicht zu offenbaren oder sonst wie einzumischen.«

»Was willst du mir zeigen?« Suchend glitt sein Blick über die tristen Fassaden und kehrte endlich zu ihr zurück.

Irgendetwas in ihrem Gesicht schien seine Aufmerksamkeit zu fesseln, und sie fragte sich, ob vielleicht noch Schaum vom Caffè Latte in ihrem Mundwinkel klebte. Solche Dinge passierten ihr ständig, und ihre Freunde machten sich gern darüber lustig. Kürzlich war einer von ihnen sogar unverschämt genug gewesen, ihr die Spuren einer Schokoladentorte vom Kinn zu lecken! Die Erinnerung daran und Samjiels sinnlicher Mund erweckten dieses eigenartige Kribbeln in ihrem Bauch erneut zum Leben. Schnell sah sie beiseite.

»Du versuchst doch nicht etwa, meine Gedanken zu lesen?«

»Nein.« Samjiel runzelte die Stirn.

»Gut. Versprichst du jetzt, dich nicht einzumischen?«

»Zweifelst du meine Selbstbeherrschung an?« Nur sein kurzes Zwinkern verriet, dass die Worte nicht so harsch gemeint waren, wie sie geklungen hatten.

»Natürlich nicht!« *Doch*, das tat sie. Und mit ihrer eigenen Gelassenheit schien es auch nicht weit her zu sein, denn nun hatte sie Schwierigkeiten, sich vom Anblick der einzigartigen Blautöne seiner Augen loszureißen, die eine geradezu hypnotische Wirkung auf sie hatten.

»O verdammt!« Iris erstarrte.

»Wie bitte?«

Ärgerlich machte sie einen Schritt nach vorn, blieb aber stehen, als sie Samjiels Hand auf der Schulter spürte.

»Du willst dich doch nicht etwa einmischen?« Es hatte belustigt geklungen, aber besonders freundlich war seine Miene nicht, als er nun ebenfalls die Szene auf der anderen Straßenseite beobachtete.

Ein Junge, vielleicht vier oder fünf Jahre alt, kniete inmitten einer schnell größer werdenden Lache auf dem Bürgersteig, angstvoll gekrümmt, die dünnen Ärmchen schützend über den Kopf gehoben. Vor ihm lagen die Scherben einer Schnapsflasche.

»Dummkopf!« Die Frau neben ihm beugte sich vor und holte aus. Doch bevor sie das Kind schlagen konnte, kam eine rundliche Person aus einem warm erleuchteten Laden gerannt und fiel ihr in den Arm.

»Kauf dir eine neue, wenn du musst!« Rasch drückte sie der wütenden Frau ein paar Scheine in die Hand. »Der Kleine hat das doch nicht mit Absicht getan.« Sie hockte sich vor dem Kind auf den Boden, löste langsam dessen ineinander verschlungene Arme und nahm es hoch. »Nicht weinen, Mischjenka. Die Mama ist schon wieder gut mit dir!« Mit einer Hand zog sie ein Tuch aus der Tasche und versuchte, damit die Tränen des Kindes zu trocknen. Vergeblich, denn nun heulte es so laut wie eine Sirene.

»Nichts ist gut! Das blöde Balg fällt ständig hin. Guck es dir doch an, nicht einmal richtig sprechen kann es«, schrie seine Mutter gegen den Lärm an und stemmte die Fäuste in die Hüften. »Ich weiß wirklich nicht, warum ich mich von dir überreden lassen musste, den Krüppel nicht gleich ins Heim zu geben.«

Gib mir Geduld mit dieser schrecklichen Mutter! Hinter einem der Schaufenster bewegte sich ein Schatten.

Iris und Samjiel hörten die Stimme jedoch klar und deutlich, als hätte die Sprecherin neben ihnen gestanden. Jetzt war es Iris, die ihn zurückhalten musste. »Bitte!«

Widerwillig blieb er stehen. »Wolltest du mir *das* zeigen? Einen gefallenen Engel, den ich übersehen habe? Soll ich jemanden schicken, der sich darum kümmert?«

Erschrocken sog sie die Luft ein. »Natürlich nicht! Verstehst du denn nicht …?« In seinen Augen, die eben noch bezaubernd auf sie gewirkt hatten, lag nun eine Kälte, die sie erschaudern ließ. Das waren die Augen eines Scharfrichters.

Etwas von ihrem Entsetzen musste er trotz seiner unnahbaren Haltung gespürt haben, denn mit einem Ruck öffneten sich seine Schwingen, und er wandte sich von ihr ab. Offensichtlich hielt er ihren Ausflug für beendet.

Aber für sie hatte er gerade erst begonnen, Samjiel durfte jetzt nicht einfach verschwinden. »Gilt dein Wort noch?«, rief sie ihm deshalb schärfer als geplant nach.

Ganz langsam drehte er sich zu ihr um. Bisher war ihr nicht aufgefallen, welch Furcht einflößende Macht er ausstrahlen konnte, die sogar eine erfahrene Kriegerin nicht unbeeindruckt ließ. Das Engelsfeuer verlieh ihm eine außergewöhnliche Aura, sein Körper, in zahllosen tödlichen Kämpfen gestählt, wirkte vollkommener, als sie es jemals zuvor bei einem anderen Krieger gesehen hatte. Kein Wunder, dass sich seine Gegner vor ihm ebenso fürchteten wie vor dem Erzengel, dem er diente. Seine Schwingen schimmerten wie heller Stahl, während Samjiel sie behutsam, geradezu mit gewissenhafter Sorgfalt, wieder schloss, als bräuchte er diese Zeit, um sich zu sammeln.

»Wächterin!«, sagte er drohend, hielt kurz inne und holte tief Luft, um mit ruhigerer Stimme fortzufahren: »Wir begegnen uns zum ersten Mal, und ich weiß nicht, was dir deine Kumpane über mich erzählt haben, deshalb verzeihe ich dir. Aber zweifle niemals, hörst du, niemals wieder an meinem Wort!«

Iris mochte es ebenso wenig wie jeder andere, wenn jemand in diesem Ton mit ihr sprach, aber merkwürdigerweise glaubte sie nicht, dass es seine Absicht war, sie einzuschüchtern. Die Empörung war echt, darauf hätte sie wetten mögen. Um ihn nicht weiter zu reizen, unterdrückte sie einen Seufzer. Wahrscheinlich verbrachte sie einfach zu viel Zeit in der modernen Welt, in der man Begriffe wie Respekt und Ehre inflationär gebrauchte, bis sie ihre wahre Bedeutung verloren. Manchmal vergaß man da, wie viel diese Tugenden einem Engel seiner Herkunft bedeuteten. Auch sie hätte es nicht spaßig gefunden, hätte jemand ihre Ehrlichkeit angezweifelt. Und doch war sie in einer Mission unterwegs, die man getrost als Gratwanderung bezeichnen durfte. »Es war vermutlich nicht ganz fair von mir, dich einfach hierherzuschleppen.«

Schweigend wartete er, dass sie weitersprach, hatte aber etwas von seiner einschüchternden Haltung aufgegeben.

Deshalb fügte sie hinzu: »Die Sorge um ein unschuldiges Leben hat meine Gedanken beherrscht. Ich bitte um Verzeihung.«

»Also meinetwegen.« Der grimmige Ausdruck war

aus seinem Gesicht verschwunden. »Was wolltest du mir zeigen?«

Erleichtert wies sie zum Laden hinüber. Von dem gefallenen Engel sahen sie nichts mehr, und auch die Mutter mit ihrem unglücklichen Sohn war fort.

Iris überquerte die Straße, Samjiel folgte ihr. Noch immer vor den Augen der Sterblichen verborgen, betraten sie gemeinsam das Geschäft, das viel geräumiger war, als es von außen ausgesehen hatte, und sich als eine Art Lokal herausstellte. *Suppenküche* stand in großen kyrillischen Buchstaben an der Wand. Ein Witzbold hatte *all you can eat* daruntergekritzelt. Daneben hing ein Fernseher, und hinter dem Ladentisch sah man die Küche, aus der ein appetitlicher Duft herüberwehte. Die Frau, die sich eben noch für das Kind eingesetzt hatte, schnitt mit einem großen Messer in bemerkenswerter Geschwindigkeit Porree, als hätte sie ihr Leben lang nichts anderes getan. Den kleinen Jungen hatte sie bei sich, er saß auf einem Schemel, eine Karotte in der Hand, und sah sie an, als wäre sie eine Heilige.

Wer weiß, vielleicht wird sie das auch eines Tages, dachte Iris.

Von der Mutter des Jungen fehlte jede Spur. Nicht weit vom Tresen saß dicht über ein Buch gebeugt ein Greis, neben sich einen leeren Becher.

Und dann kam die schlanke Frau, deren Alter man beim besten Willen nicht hätte benennen können, mit einem Krug in der Hand um die Ecke. »Du musst viel trinken«, sagte sie freundlich, während sie ihm nachschenkte. »Wie geht es deinem Fuß?«

Der Mann klappte sein Buch zu sah zu ihr hinauf.

»Galina, ich schwöre, in den letzten Jahren bist du keinen Tag älter geworden.«

Ihr war anzusehen, dass ihr das Thema nicht behagte. »Komm mit, ich möchte mir die Wunde ansehen.«

»Nein!« Panisch versuchte er aufzustehen. »Ich gehe in kein Lazarett nicht, niemals mehr!«

»Schon gut, dann machen wir es eben hier.« Sanft drückte sie ihn auf seinen Stuhl zurück und hockte sich dann vor ihm auf den Boden. »Zeig mal her!« Ohne eine Antwort abzuwarten, zog sie ihm Schuhe und Strümpfe aus und rümpfte nicht einmal die Nase, als ein saurer Geruch aufstieg, der auch die geheimen Beobachter in ihrem transparenten Zustand nicht unbeeindruckt ließ. Iris keuchte, Galina blickte auf. Mit schmalen Augen sah sie sich suchend um, schüttelte schließlich den Kopf und untersuchte den geschwollenen Fuß. Inzwischen war die Köchin hinzugekommen. Sie stellte einen großen Korb ab, in dem sich verschiedenes Verbandsmaterial befand. »Das sieht schlimm aus«, bemerkte sie. »Warte, ich hole Wasser.«

Sie kehrte mit einer Schüssel und Handtüchern zurück, und die beiden Frauen versorgten die Schwären. »Nimmst du deine Tabletten nicht?«

Schicksalsergeben hob der Mann die Hände. »Ach Galjuscha, wovon soll ich die denn bezahlen?«

»Ich weiß, ich weiß. Dann komm wenigstens jeden Tag, um die Wunde versorgen zu lassen, hörst du? Wenn da eine Infektion reinkommt, kann dir niemand mehr helfen.«

»Wozu auch? Mein Leben ist keine Kopeke wert«, sagte er kaum hörbar.

Doch die Frau, die er liebevoll Galjuscha genannt hatte,

fuhr auf: »Sag das nicht! Jedes Menschenleben ist wertvoll, egal, wie alt oder krank jemand ist.« Man sah ihr an, dass sie noch mehr sagen wollte, aber an der Tür entstand ein Tumult, und ein Mädchen stürmte herein. Etwas langsamer folgten zwei Jungen, die einen dritten zwischen sich führten. Er war bleich wie ein Gespenst und hielt die Hände fest auf den Bauch gepresst.

Galina erfasste die Situation mit einem Blick. »Bringt ihn in die Krankenstube!«

Die Jugendlichen gehorchten ohne Widerspruch und zogen sich anschließend in den vorderen Raum zurück. Einer beobachtete nervös die Eingangstür, während die anderen dankbar die Gläser mit Saft entgegennahmen, die ihnen die Köchin brachte.

»Was ist passiert?«, fragte sie beiläufig und schenkte noch einmal nach.

Iris hatte den Eindruck, als wäre es ihre Aufgabe, von den Geschehnissen in der winzigen Krankenstation abzulenken, denn dass der Junge in eine Messerstecherei geraten war, konnte niemand übersehen.

Deshalb folgte sie Samjiel, der zum gleichen Schluss gekommen sein musste, in das blitzsaubere Hinterzimmer, wo der Verletzte stöhnend auf einer Liege lag.

Galina hatte ihm bereits das Hemd ausgezogen und damit begonnen, die Wunde zu reinigen. Erst ließ er sich das auch gefallen, aber dann schlug er plötzlich nach ihr.

»Hey, bist du verrückt? Ich will dir helfen!« Eilig versuchte sie, die Wasserschüssel in Sicherheit zu bringen, bevor sie hinunterfiel. Deshalb bemerkte Galina auch nicht, wie der Junge hinter ihrem Rücken nach einer Schere griff, den Arm hob und zustechen wollte.

Bevor er die Wahnsinnstat jedoch ausführen konnte, war Samjiel schon bei ihm und hielt ihm das Handgelenk fest. »Undankbarer Idiot!«

Galina wurde blass. »Wer seid ihr?«, flüsterte sie und griff Halt suchend nach der Tischkante. Ihre Augen zucken nervös hin und her, offensichtlich verfügte sie nicht über die Fähigkeit einer Engelseherin.

Um ihr weitere Aufregung zu ersparen, materialisierte sich erst Iris und, nachdem er eine Art Schutzwall errichtet hatte, damit man draußen nicht mitbekam, was hier geschah, auch Samjiel.

»Ich bin eine Wächterin«, sagte Iris rasch, um von ihm abzulenken. »Wir sind zufällig vorbeigekommen. Was ist denn mit dem Bengel los?«

»Drogen.« Immer noch war ihr die Furcht anzusehen. »Er hat schon eine ganze Weile Probleme damit, und dass so etwas passiert«, Galina zeigte auf die Verletzung, »war nur eine Frage der Zeit.«

»Mhm.« Beinahe hätte Iris ihre Hilfe angeboten, aber sie wusste, dass sie sich nicht einmischen durfte.

Galina sah sie mit einer Mischung aus Verständnis und Hilflosigkeit an. »Ich kriege ihn schon wieder hin. Hoffentlich ist es ihm diesmal eine Lehre, und er lässt endlich die Finger von dem Zeug.«

Von Samjiel hörte man einen abfällig klingenden Laut. »Die Wunde ist fatal. Lass ihn sterben, damit wäre nicht nur ihm geholfen, sondern auch seinen zukünftigen Opfern.«

Iris machte einen Schritt nach vorn, als wollte sie den Kranken schützen. *Wie kannst du das sagen?*

Warum willst du solchen Abschaum unbedingt retten? Ratlos sah er sie an. Was immer er in ihr gelesen haben mochte, und sie war ziemlich sicher, dass er zumindest versucht hatte, ihre Gedanken zu ergründen, veranlasste Samjiel schließlich, den Blick abzuwenden.

Galina beobachtete den lautlosen Austausch zwischen ihnen und sah dabei von einem zum anderen. »Wer, hast du gesagt, seid ihr?«

Eilig sagte Iris: »Ich gehöre zu den *Vigilien*, und er ist ein Freund.«

»Sag deinem *Freund*, er kann den Patienten jetzt loslassen.«

Nichts geschah.

»Sam?«

Er zuckte mit der Schulter, nahm die Schere an sich und trat einen Schritt zurück. »Wie du willst.«

Sofort fing der Junge wieder an, um sich zu schlagen, als wären tausend Dämonen hinter ihm her, und Iris war froh, dass man in der Suppenküche nichts davon mitbekam. Galina versuchte vergeblich, ihn zu beruhigen. Nach einem Schlag auf den Arm, der äußerst schmerzhaft gewesen sein musste, auch wenn sie es sich nicht anmerken lassen wollte, gab sie auf. »Bitte …!«

Mehr brauchte sie nicht zu sagen. Samjiel hob eine Augenbraue, und im Nu lag der Widerspenstige regungslos auf der Liege. Er blutete stark. Iris fürchtete bereits, dass er nicht mehr zu retten wäre, doch Galina wirkte unbeirrt zuversichtlich. Sie streckte beide Hände aus, senkte die Augenlider und hob an, eine leise Melodie zu summen. Es gab unterschiedliche Wege, einen Kranken wiederherzustellen, eines aber war sofort klar: Galina musste einst zu den besonders begnadeten Heilerinnen des Elysiums gehört haben. Es dauerte nicht lange, und von dem tiefen Stich, der auch innere Organe des Opfers verletzt hatte, war nur eine harmlose Fleischwunde zurückgeblieben.

Die Heilerin schwankte, und Iris führte sie zu einem Stuhl. »Das war wunderbar!«, sagte sie beeindruckt. »Warum arbeitest du nicht in einem Krankenhaus? Mit deinem Talent könntest du eine glänzende Karriere machen und müsstest nicht in einem ärmlichen Hinterzimmer wie diesem sitzen.«

»Hier werde ich mehr gebraucht. Außer mir gibt es niemanden, der sich für diese Menschen interessiert.«

Während Galina ihren Patienten verband, von dem nur ein leises Wimmern zu hören war, versuchte sich Iris nützlich zu machen und wischte so gut es ging das Blut vom Boden auf.

»Sam, ich glaube, du kannst seinen Freunden jetzt erlauben, hereinzukommen.«

Keine Antwort.

Iris sah auf und bemerkte aus dem Augenwinkel gerade noch eine Bewegung. Als sie genauer hinsah, war Samjiel bereits fort.

»O verdammt!« Schnell sprang sie auf. »Galina, ich danke dir, das war sehr lehrreich für meinen Freund … für uns beide natürlich«, korrigierte sie sich und hüllte sich eilig in den Schleier, den zu durchschauen den meisten Geschöpfen in dieser Welt nicht gegeben war.

Oben auf dem Dachfirst setzte sie sich und tastete nach der silbrig weißen Feder, strich gedankenverloren über die glatte Fläche, spitzte einem Impuls folgend die Lippen und blies sanft darüber, bis sich die Daunen am Kiel aufplusterten. *Warum ist er so schnell verschwunden?* Unentschlossen blickte Iris auf die Straße hinab, dabei fielen ihr die Blutspritzer auf ihren Schuhen auf. Als sie genauer hinsah, wurde deutlich, dass sie sich in diesem Zustand lieber nicht in der Öffentlichkeit zeigen sollte. »Ich finde ihn wieder!«, versprach sie dem Wind, entfaltete die Flügel und ließ sich von ihm in ihr vorübergehendes Zuhause tragen.

Der Limousine sah man an, dass sie nicht hierhergehörte. Das kalte Blau des Scheinwerferlichts und das lautlose Dahingleiten verrieten den Außenseiter. Geschickt wich sie den tiefen Schlaglöchern aus und bewegte sich dennoch schnell genug, als gehörte die Straße allein ihrem Fahrer, der hinter den getönten Scheiben kaum auszumachen war, sodass ein flüchtiger Beobachter den Eindruck gewinnen konnte, der Wagen, der jetzt lautlos vor der Brache hielt, würde von Geisterhand gesteuert.

Ob hier eine dieser Wohnstätten längst verschwundener Bürgerlichkeit gestanden hatte, die dem Quartier ihr unverwechselbares Gesicht gaben, konnte man nicht sagen. Es war jedoch anzunehmen, betrachtete man die von Buschwerk überwucherten Mauerreste, die darauf schließen ließen, dass drei oder vier Häuser den Träumen eines neuen Bauherren hatten weichen müssen, ohne dass es Anzeichen dafür gab, ob oder wann dieser seine Pläne in die Tat umzusetzen gedachte. Hinter einem Hügel aus Ziegelsteinen, gewissermaßen in zweiter Reihe, duckte sich ein Haus, von dem man denken konnte, es sei der Abrissbirne nur deshalb entgangen, weil es so klein war. Ein Häuschen also, nicht viel mehr als eine Gartenlaube, wie sie einst im Hinterhof gestanden haben mochte, das nun einem vergessenen Spielzeug glich. Es war erstaunlich gut in Schuss, wie es so zwischen all den baufälligen Riesen mit ihren vier oder fünf Etagen stand.

Noch immer lauerte der fremde Wagen im gelben Licht der Straßenlaterne, das vor dem sanften Rosé des Himmels, den die dahineilenden Wolken allmählich freigaben, irgendwie unpassend wirkte. Die wenigen Passanten, die an diesem endlosen Abend des Wegs kamen, wechselten die Straßenseite, als wünschten sie nicht mit hineingezogen zu werden in eine Angelegenheit, von der sie nichts wussten und auch nichts wissen wollten.

Eine Zeit lang blieb alles ruhig. Dann flog die Beifahrertür auf. Ein Mann sprang heraus und ging, während der Fahrer keinerlei Anstalten machte, ihm zu folgen, den Pfad entlang, den man erst bei genauerem Hinsehen entdeckte und der sich um die Mauerreste bis zum Häuschen schlängelte. Aus der Art, wie er den kurzen Weg zurücklegte, konnte man schließen, dass er ihn nicht zum ersten Mal ging. Ein Fremder wäre in dem verbliebenen Zwielicht nicht so zielstrebig vorangeschritten.

Augenscheinlich wurde er erwartet. Die Tür öffnete sich, bevor er sie erreicht hatte. Die schmale Gestalt, die den Rahmen nicht annähernd ausfüllte, machte durch ihre Körperhaltung unmissverständlich klar, dass sie ihn nicht hereinbitten würde. Man sprach kein Wort, als wäre ihre Begegnung Teil eines altbekannten Rituals. Der Mann steckte etwas ein, das wie ein Umschlag aussah, drehte sich grußlos um und stieg wenig später in das schwarz glänzende Gefährt, das sich in Bewegung setzte, bevor die Wagentür vollständig geschlossen war.

Viel interessanter als die dunkle Limousine allerdings war das Mädchen, das halb verborgen noch immer im Hauseingang stand, plötzlich zusammenzuckte und hinauf in die Wolken sah, als habe sie dort etwas Beunruhigendes bemerkt. Nach einer Weile rieb sie sich über die Augen und schüttelte den Kopf, wie man es manchmal tut, um unliebsame Gedanken loszuwerden. Sie hatte einen langen Tag hinter sich, und bald würde auch ihre Mutter nach Hause kommen. Unvermittelt drehte sie sich um und tauchte in die Schatten ein, die sich zwischen den Häusern niedergelassen hatten.

Auf der anderen Seite der Brache lehnte ein windschiefer Bretterverschlag an brüchigen Mauerresten, und als der Wagen fort war, sah man eine kleine Hand die schmutzige Plane beiseiteschieben.

Die Krankheit schmerzlichen Verlangens hatte von ihm Besitz ergriffen, davon war Samjiel nach dem kurzen Ausflug mehr denn je überzeugt. Er hatte niemals das Paradies betreten, war nicht in einem Leib herangereift wie viele andere himmlische Geschöpfe, die einst Menschen und damit sterblich gewesen waren. Samjiel war am Anbeginn der Zeit erschaffen worden. So jedenfalls hatte man es ihn gelehrt. Erinnern konnte er sich nicht. Die Vergangenheit bedeutete ihm nichts. Wichtig waren das Sein, die Balance der Elemente und der Kampf gegen die Extreme, gegen das Chaos.

Was ist das Chaos, General? Und wo kommt es her?, hatte ihn erst kürzlich ein Rekrut aus den Reihen der Sterblichen gefragt, und ihm lag bereits die schroffe Entgegnung auf den Lippen, der junge Engel solle Befehle ausführen, statt über die Beschaffenheit der Welt nachzudenken, als er sich besann und ihm die Erklärung anbot, die er selbst einmal auf eine ähnliche Frage erhalten hatte.

Damals war ihr oberster Feldherr Michael anders gewesen, nicht weniger streng und Furcht einflößend, das nicht. Eher auf eine schwierig zu erläuternde Weise zugänglicher. Samjiel erinnerte sich noch genau an die Worte, die irgendwann zu seinem Credo geworden waren. *Das Chaos lauert in den Tiefen der Unterwelt, wie ein wilder Drache am Boden der Schlucht, der nur darauf wartet, uns zu verschlingen. Wir müssen es bekämpfen, wo wir es antreffen. Denn es hat nur einen Zweck: die Ordnung zu verdrängen und die Schöpfung in ewiges Dunkel zu zerren.*

Damals allerdings hätte er gern gefragt, warum Luzifer, der Lichtbringer, der strahlende Engel, dem niemand ins Gesicht sehen konnte, ohne darin seine eigene Unzulänglichkeit zu erblicken, warum der, der alles besaß, das Chaos gewählt, Discordia gefreit, sich gegen die Harmonie und für die Zwietracht entschieden hatte.

Michael, der geahnt haben mochte, dass sein treuer Diener nicht ohne eigene Gedanken war und deshalb mehr hatte wissen wollen, als er ihm anbot – Michael wies ihn an, die Zweifel in seinem Herzen zu verschließen.

Samjiel hatte sich gefügt und es mit anderen Wissensdurstigen danach ebenso gehalten. Aus Bequemlichkeit, wie er heute zu ahnen begann, und weil er die Antworten nicht kannte. Doch in letzter Zeit wollten sich die Fragen nicht mehr fortsperren lassen, sie wurden lebendig und lauter und außerordentlich beunruhigend, bis es schließlich nur noch ein Mittel gegeben hatte, ihnen zumindest vorübergehend zu entkommen. Ausgerechnet ein gefallener Engel hatte ihm anvertraut, wie man die quälenden Empfindungen betäuben und die Versuchung vergessen konnte. Zweifellos besaßen die Gefallenen große Erfahrung in diesen Dingen, da sie sich immerwährend gegen die Einflüsterungen der Unterwelt zur Wehr setzen mussten.

Der Delinquent hatte sich damit die Freiheit erkaufen wollen. Samjiels unbestechliche Klinge war jedoch ohne Gnade in das abtrünnige Herz gefahren und hatte den vergeblich Hoffenden endgültig von allen weltlichen Verlockungen befreit.

Vielleicht nicht das schlimmste Schicksal.

Reflexartig berührten seine Finger den Griff des Schwerts, als wollte er sichergehen, dass es noch in der Scheide steckte, in der die tödliche Klinge vor dem Blick eines jeden – ob Freund, ob Feind – verborgen blieb, bis es zu spät war, die eigene Waffe zu ziehen. Mit der anderen Hand griff er nach dem Drink und kippte ihn in einem Zug hinunter. Was er in der Suppenküche erlebt hatte, wollte ihn nicht loslassen. Die schlichte Hingabe, mit der diese Galina erst den alten Mann und dann den Jungen behandelt hatte, zeichnete ein vollständig neues Bild von einem gefallenen Engel. *Neu vielleicht nicht*, dachte er, denn wenn er ehrlich zu sich war – und das war ein Repräsentant der Gerechten immer –, dann hatte es ihn nie besonders interessiert, wie die gefallenen Engel die Zeit vor ihrer Exekution verbrachten. Sie waren eine Gefahr für die Ordnung der Welt und sehr viel schwieriger zu bekämpfen, sobald sie sich zu Luzifer bekannt und von seinem

Feuer gekostet hatten. Die Erkenntnis, dass seine bisherige Ignoranz möglicherweise Unschuldige das Leben gekostet haben mochte, erschütterte ihn.

Schuldlos wird niemand aus Elysium verbannt, hörte er Michaels Stimme und hätte sich beinahe umgedreht, so nah klang sie. Den Kopf im Nacken, ließ er den nächsten Drink die Kehle hinunterrinnen.

Die Frau hinter dem Tresen schenkte wortlos nach, denn inzwischen wusste sie, es würde viel mehr als den Inhalt dieser halb leeren Flasche brauchen, um ihren schweigsamen Gast zufriedenzustellen.

In den ersten Tagen hatte man ihm einige der jungen Prostituierten angeboten, die viertelstündlich auf einer kleinen Bühne erschienen. Im Takt der Musik wanden sie sich dort in trauriger Imitation der einzigartigen Verführerin Lilith wie eine Schlange, die das zu eng gewordene Schuppenkleid abzulegen versuchte. Alles war hier dezent, der Service, die verschwiegenen Separees und sogar die Drogensüchtigen. Weil er keinem der Mädchen mehr als nur einen flüchtigen Blick schenkte, schickte man ihm Knaben. Tabletten, Pilze und Pülverchen folgten, doch als man eine Ziege herbeigeschafft hatte, hatte es Samjiel gereicht. Er hatte der Barkeeperin die Flasche aus der Hand genommen und sie in einem Zug ausgetrunken. Seither hatte er Ruhe.

Unter Lidern, die er halb geschlossen hielt, um sich nicht durch eine Unachtsamkeit zu verraten, beobachtete er nun, wie ein breiter Strahl des Elixiers am Boden seines Glases aufprallte, dort unten regelrecht explodierte, an den glatten Seiten hochschoss, zurückspülte und schließlich einen linksdrehenden Strudel bildete. Der Wirbel drehte sich immer wieder links herum, bis die Wogen geglättet waren und Samjiel sein verzerrtes Spiegelbild darin erblickte.

Vielleicht, dachte er, *war dieses Abbild der Grund dafür, dass die Trinker ihr Glas so schnell leerten.*

Im Grunde war es ihm gleichgültig, die Physik des Strudels aber machte ihm zu schaffen. Er hatte Stunden damit verbracht, darüber nachzudenken, woran das liegen konnte. Heute entschied er für sich, dass die Linkshändigkeit der Barkeeperin für das Phänomen verantwortlich sein musste und bat sie, mit rechts einzuschenken, damit er seine Theorie überprüfen konnte.

Sie tat ihm den Gefallen, und er verfolgte gebannt, wie sie eine neue Flasche öffnete, sie in die andere Hand nahm, wie sich der Flaschenhals senkte … und alles war wie zuvor. Wieder wirbelte die Flüssigkeit gegen den Uhrzeigersinn. Enttäuscht leerte er das Glas und lehnte sich zurück.

»Glaubst du, das *Wasser des Lebens* hilft dir dabei, die Geheimnisse dieser Welt zu ergründen?«, fragte eine dunkle Stimme zu dicht neben ihm.

Schneller als der Fremde blinzeln konnte, hatte Samjiel sein Schwert gezogen und hielt es nun an dessen Hals gepresst.

Der hob die Hände wie zur Beschwichtigung, wirkte aber überhaupt nicht beunruhigt. »Ich darf doch bitten!« Behutsam nahm er die Klinge zwischen Daumen und Mittelfinger und schob sie ein Stück beiseite. »Wir legen größten Wert auf Diskretion!«

Diese manierierte Geste, begleitet von einem feinen Lächeln, zeigte Samjiel, dass ihn sein Gegenüber sehr wahrscheinlich für harmlos hielt.

Vielleicht war er nicht ganz so reaktionsschnell gewesen, wie er geglaubt hatte. Samjiel ließ die Waffe sinken und steckte sie zurück in die verborgene Schwertscheide, dabei gab er ein kehliges Geräusch von sich, das als Entschuldigung verstanden werden konnte, mit dem er tatsächlich aber seinem Ärger Luft machte. Ein unverzeihlicher Fehler, den anderen nicht rechtzeitig bemerkt zu haben und die reflexartige, wenn auch verspätete Reaktion hätte seine militärische Herkunft überdies beinahe verraten.

Wie nur die besonders altgedienten von Michaels Kriegern verstand er sich darauf, seine wahre Identität vor anderen Engeln zu verbergen. Ein Vorteil, den er schon oft genutzt hatte, um die Gefallenen, auf die er angesetzt war, in trügerischer Sicherheit zu wiegen, bis sie ihrem Schicksal nicht mehr entfliehen konnten.

Dieses Mal aber war er nicht gekommen, um zu töten. Schon gar nicht in einem Refugium, einem neutralen Ort, an dem die magische Bevölkerung, ungeachtet ihrer Abstammung, Frieden hielt und, wie in diesem Fall, fremde Besucher dem zuständigen Protektor ihre Referenz erwiesen. Üblicherweise ignorierten Engel diese stillschweigende Übereinkunft und standen nun in dem Ruf, arrogant und unkooperativ zu sein. Samjiel konnte sich nicht daran erinnern, wann er zuletzt einem Statthalter seine Aufwartung gemacht hatte.

Bei dieser Mission war es für ihn jedoch Teil seiner Tarnung gewesen, sich ausnahmsweise an die üblichen Gepflogenheiten zu halten. Doch als er sich ihm hatte vorstellen wollen, hatte der hiesige Repräsentant der magischen Welt keine Zeit gehabt und lediglich ausrichten lassen, er sei willkommen, sofern er keinen Ärger mache.

Seine wahre Natur von Anfang an zu verbergen, hatte sich als ungeheurer Vorteil herausgestellt. Damit war er für keinen seiner Kameraden auffindbar – nicht einmal ohne Weiteres für den Erzengel Michael, der sich glücklicherweise selten um das Tagesgeschäft kümmerte, das er schon vor einer halben Ewigkeit seinem besten General überantwortet hatte.

Warum es Iris nahezu mühelos gelungen war, seine Maske zu durchschauen, hätte er sie gern gefragt. Doch das musste erst einmal warten, bis sie ihn wieder aufgespürt hatte. Der Gedanke entlockte ihm ein Lächeln. Diese Wächterin hatte es geschafft, ihn aus seiner Lethargie zu reißen. Sie erschien ihm beunruhigend und faszinierend zugleich, und bestimmt wäre es besser gewesen, ganz schnell das Weite zu suchen und sich vor ihrem gefährlichen Charme in Sicherheit zu bringen. Entscheidungen, die seinem eigenen Schutz dienten, traf er jedoch längst nicht mehr – falls er das überhaupt je getan hatte.

»Das bringt nichts.« Der Fremde saß nun auf dem Barhocker neben ihm, zeigte auf das inzwischen wieder aufgefüllte Glas und prostete ihm zu.

»Wenn du das sagst.«

Der Alkohol dämpfte den Aufruhr der immer stärker an die Oberfläche seines Bewusstseins drängenden Gefühle. Und zwar so erfolgreich, dass Samjiel die Nähe dieses Dieners der Unterwelt ertrug, ohne den Wunsch zu verspüren, ihn auf der Stelle zu töten.

Damit, so hätte er dem Dunklen Engel an seiner Seite erklären können, hatte alles angefangen. Mit der Lust am Töten. Und weil das Schicksal einen Humor mit Hang zum Absurden pflegte, war dies inzwischen nicht einmal mehr sein größtes Problem. »Wir sehen uns in der Hölle!«, fügte er hinzu, als wäre es ein beliebter Trinkspruch, und stürzte den Schnaps hinunter.

Der andere lachte. »Dann wünsche ich dir eine gute Reise, mein Freund.«

Vermutlich hielt er ihn für jemanden, dessen Zukunft längst entschieden war und der früher oder später ins Lager der Dämonen wechseln würde.

Soll er doch. Samjiel machte sich nicht die Mühe, die Gedanken des anderen zu ergründen. Stattdessen beobachtete er fasziniert, wie sich ein Bündel Papiere vor ihm auf dem Tresen materialisierte. Leichtsinnig, denn es gab menschliche Gäste in dieser Bar, und er hätte wetten können, dass die wenigsten von ihnen ahnten, in welch exotischer Gesellschaft sie sich befanden. Dass er gerade mit einem Schwert herumgefuchtelt hatte, was in der heutigen Zeit ebenfalls nicht üblich war, ignorierte er einfach.

»Vorher solltest du deine Schulden begleichen, der Rückweg könnte sonst unangenehm werden.«

Die Arroganz dieses namenlosen Seelenhändlers ging ihm allmählich auf die Nerven. Etwas von dieser Ungeduld musste sich in seinen Gesichtszügen gezeigt haben. Ein Beweis dafür, dass das in einigen Landstrichen fälschlicherweise als Lebenswässerchen bezeichnete Gift durchaus seine Wirkung tat.

Womöglich irrte er sich aber auch. Fehleinschätzungen gehörten zu den zuweilen erstaunlichen Nebenwirkungen seiner Alkoholsucht, ebenso wie der rasche Wechsel zwischen Gleichgültigkeit und einer gewissen Unduldsamkeit. Er hatte sich vorgenommen, jedes diese Phänomene zu notieren, war aber bisher aus ihm unerfindlichen Gründen nicht dazu gekommen. Ein weiteres Glas schärfte seine Sinne für das, was nun kommen würde. Als das Brennen im Hals langsam nachließ, blinzelte er kurz, um sich zu konzentrieren, und fokussierte den Seelenhändler anschließend mit einem kühlen Blick. Nur an den Kanten wirkte das Bild nach wenigen Sekunden kaum der Rede wert, ein wenig – wie sollte man sagen? – ausgefranst. Besser, wenn er die nun folgenden Verhandlungen schnell hinter sich brachte. »Was willst du?«

Jemand lachte. Das Geräusch klang hässlich und störte ihn. Bis Samjiel begriff, dass nicht der Dunkle Engel, sondern er selbst diese Dissonanzen absonderte, hatte der ihn schon am Kragen.

»Hör mal zu, mein Freund! Wenn du glaubst, du kannst wochenlang auf Kredit saufen und am Ende die Zeche prellen, musst du noch viel lernen!«

»Quaid, lass das!«

Die Stimme kannte er, ganz bestimmt. »Iris?« Ein dumpfes Grollen war zu hören, plötzlich wurde die Musik lauter. Irgendjemand hielt ihn fest, dann schlug eine Tür zu, und die Geräusche verstummten.

»Du meine Güte, Sam. Was um Himmels willen suchst du ausgerechnet *hier*?«

Frische Luft kühlte sein glühendes Gesicht. Wie sehr er sich auch bemühte, es gelang ihm nicht, die Augen offen zu halten. Geflüsterte Worte umschmeichelten ihn wie das Wasser einer tropischen Lagune, in der er zu schweben glaubte, wie ein Delfin in einzigartiger Harmonie mit sich selbst und dem Universum.

Ursprünglich hatte Iris ihm nicht folgen wollen, dann aber einem Impuls nachgegeben und sich auf die Suche nach Samjiel gemacht, sobald die blutverschmierte Kleidung gewechselt war. Es fehlte noch, dass irgendein verwirrter Vampir auf die Idee kam, sie zu belästigen. *Obwohl ein solcher Übergriff recht unwahrscheinlich sein dürfte*, dachte sie belustigt. Zurzeit hielten sich in der Stadt äußerst wenige dieser nachtgebundenen Geschöpfe auf – es war ja fast rund um die Uhr hell.

Den Heerführer der Gerechten ausgerechnet in dieser Bar zu finden, hatte sie – gelinde gesagt – überrascht. Der Name Gateway to Heaven wäre amüsante Ironie gewesen, wenn sich dort nicht tatsächlich ein ziemlich durchlässiger Eingang zur Unterwelt befunden hätte, den die Wächter ständig im Auge behielten. Gemeinsam übrigens mit *Kollegen* aus dem Reich der Dunkelheit, weil Luzifer ebenfalls kein Interesse daran hatte, dass seine Dämonen unkontrolliert über die Welt herfielen. Quaid gehörte auch zu der Garde dunkler Wächter, und es war kein Geheimnis, dass er sein Budget gern damit auffüllte, gefährdete Seelen auf weitere Abwege zu führen. Nicht im Himmel, sondern in der Hölle landete früher oder später, wer sich zu häufig im Gateway aufhielt und dabei in Quaids Fänge geriet.

Zuerst war sie also nur verwundert, aber nachdem sie erkannt hatte, dass Samjiel seine Trunkenheit nicht vortäuschte, beschloss sie kurzerhand, ihn mitzunehmen. Es konnte für alle Beteiligten überaus gefährlich werden, wenn ein Krieger seine Sinne nicht zuverlässig zu kontrollieren wusste. Und das war in seinem jetzigen Zustand eindeutig nicht der Fall.

»Wie viel hat er gesoffen, ein ganzes Fass?«, platzte Iris heraus.

Quaid lachte und wedelte mit einem Stapel Schuldscheine. Das zumindest war, wenn man es genauer betrachtete, ein gutes Zeichen.

Offenbar hat er keine Ahnung, wer ihm da ins Netz gegangen ist, dachte Iris. Ansonsten lägen die Wechsel garantiert längst auf dem Tisch eines wirklich wichtigen Vertreters Abbadons, wenn nicht sogar beim Lichtbringer selbst.

»Nimm ihn ruhig mit, deinen kleinen Freund«, sagte Quaid herablassend. »Morgen sitzt er wieder am Tresen. Mit Manna brauchst du dem nicht mehr zu kommen, der ist längst süchtig nach unserem *Lebenswasser.*« Dabei tippte er auf die Whiskeyflasche, die aus dem Nichts in seiner Hand erschien. »Noch einen Schluck für unterwegs?«

Iris zeigte ihm beide Mittelfinger, bevor sie Samjiel hinaus auf die Straße zerrte, wo er einfach in sich zusammensackte und liegen blieb. Die Passanten störte das nicht, sie schlugen einen Bogen um den Leblosen und sparten nicht mit anzüglichen Kommentaren.

Ein Glück, dass sie deutlich kräftiger war, als man es beim Anblick ihrer schlanken Gestalt vermutet hätte. Und es gab auch noch nette Menschen. Ein junger Mann erbarmte sich und half ihr, Samjiel auf eine Bank am Rand des nahe gelegenen Parks zu setzen. »Ist das nicht zu gefährlich?«, fragte er besorgt und sah den menschenleeren Weg hinunter. »Soll ich Ihnen nicht lieber ein Taxi rufen?«

»Vielen Dank, aber meinem Freund wird im Auto schlecht. Die Fahrer können da ganz schön fies werden.« Mit einem himmelwärts gewendeten Blick deutete sie einen gewissen Erfahrungsschatz in diesem Bereich an.

»Gleich ist er wieder okay.« Schnell schob sie einen zusätzlichen mentalen Stups hinterher, um sicher zu sein, dass der freundliche Helfer sie allein ließ.

»Oh, in Ordnung!« Damit drehte er sich wie gewünscht um und hatte die Angelegenheit schon nach wenigen Schritten vergessen.

Iris sandte ihm einen Segen nach und wandte sich dann ihrem *Freund* zu. Mühelos nahm sie Samjiel, der mindestens einen Kopf größer war, in die Arme, hüllte sich mit ihrer Last in den Schleier der Unsichtbarkeit und flog zu ihrer Unterkunft. Die Wohnung besaß einen Balkon, der groß genug war, um zu zweit auf ihm zu landen. Von dort aus gelangten sie problemlos hinein. Die Zimmer waren zwar recht klein, aber mit den wichtigsten Dingen ausgestattet, die der jeweilig dort residierende Wächter während seines Aufenthalts benötigte. In ihrem Fall handelte es sich um einen bestens gefüllten Kühlschrank und eine ausreichende Menge frischer Handtücher. Ihre Klamotten besorgte sie sich lieber selbst. Der himmlische Service war für ihren Geschmack eindeutig zu konservativ und hey – Unterwäsche kaufte sich eine unabhängige Frau immer noch allein!

Nachdem sie Samjiel, der inzwischen wieder stehen konnte, durch die Balkontür geschoben hatte, wies sie ihn an: »Rühr dich nicht vom Fleck!«, und schloss sorgfältig alle Rollos.

Als sie sich umdrehte, war er verschwunden. »Sam?«

Im Schlafzimmer hörte sie ein seltsames Geräusch und lief sofort hinüber, um nachzusehen. Was sie erwartete, übertraf ihre verwegensten Vorstellungen. Samjiel hatte sich von den irdischen Hüllen befreit und lag nun, wie die

Schöpfung ihn mit großer Leidenschaft fürs Detail geformt hatte, bäuchlings und lang ausgestreckt da.

Engel schliefen, sofern sie das überhaupt taten, vorzugsweise auf dem Bauch, und Samjiel bildete keine Ausnahme. Neben ihm türmten sich Brustpanzer und alles, was himmlische Krieger sonst noch trugen, auf. Wirklich alles.

Nun konnte man nicht behaupten, sie hätte niemals zuvor einen unbekleideten männlichen Körper gesehen. Im Gegenteil, Kleidung war eine eher neuere Erfindung und ihr persönlich häufig sogar sehr lästig. Aber dies war etwas anderes. Samjiel lag in ihrem *Bett!* Neugierig und sonderbar verlegen schlich sie näher, und was sie sah, beschleunigte unwillkürlich ihren Atem.

Wie es wohl sein würde, diesen formvollendeten Hintern zu berühren? Bevor der wollüstige Gedanke überhaupt beendet war, hatte sie bereits die Hand nach ihm ausgestreckt. Ein albernes Kichern wuchs in ihrer Kehle. Sollte sie es wagen?

Samjiel gab einen Laut von sich, der in ihren Ohren wie eine Einladung klang.

Als er gleich darauf hustete, zog sie sich hastig einige Schritte zurück. Dabei beobachtete sie genau, wie er den linken Flügel ausstreckte. Der andere hing, nur halb gefaltet, über die Bettkante. *Also gut, einmal hinsehen ist doch bestimmt nicht verboten?*, raunte die Versuchung ihr zu.

Seine Haut sah aus, als hätte die Sonne selbst ihn geküsst, viel dunkler als ihre, beinahe golden und makellos, was eine attraktive Ergänzung zu den Haaren ergab, die immer ein bisschen ungekämmt wirkten, als hätte sich der Wind darin ausgetobt. Etwa kinnlang, schimmerten sie in allen Blondtönen von hell bis zu einem rötlichen Braun. Was in ihr den Wunsch weckte, selbst in Augenschein zu nehmen, welche Farbe die gewiss vorhandene Behaarung an den momentan nicht sichtbaren Körperstellen hatte. Natürlich konnte sie Schlüsse ziehen, aber nichts ging doch über den persönlichen Eindruck. Unwillkürlich musste sie seufzen. Wie schade, dass dies vermutlich die einzige Gelegenheit sein würde, diesen Anblick zu genießen. Eilig hielt sie sich die Hand vor den Mund, um sich nicht durch einen weiteren Seufzer zu verraten.

Er bewegte sich erneut und lenkte damit ihre Aufmerksamkeit wieder auf die herrlichen Flügel. Wie die Krone eines Baums schienen auch die Schwingen der Engel mit dem Alter stattlicher zu werden – seine waren einfach formidabel. Die großen Schwungfedern glänzten wie frisch lackiert und bildeten mit ihren silbrigen Spitzen ein unvergleichliches Muster. Iris beugte sich vor und blies in den zarten Flaum hinein, bis er sich zu winzigen Wölkchen aufplusterte. Sie liebte den Anblick zu sehr, um widerstehen zu können. Und erneut war sie versucht, den Schlafenden zu berühren – nur einmal wollte sie über den Rücken der Schwingen streichen; diese intimste aller Berührungen genießen dürfen. So sehr sehnte sie sich danach, dass sie glaubte, das Herz müsste ihr zerspringen, und ein nie gekanntes Beben tief im Inneren ihres Körpers ließ auch die Hand zittern, als Iris sie erneut ausstreckte, um zu tun, was in die sichere Verdammnis führen musste.

Iris …

Erschrocken sprang sie auf und floh aus dem Zimmer. War das Samjiels warme Stimme gewesen, die sie gelockt hatte, oder eine Warnung, der Versuchung nicht nachzugeben?

Bis sie sich traute, zurückzukehren, verging geraume Zeit. Sie duschte, wusch sich die Haare, verbrauchte eine halbe Packung Zahnseide – ein vollkommen sinnloses Unterfangen, da ihre Zähne sogar dann noch makellos geblieben wären, hätte sie im Kampf durch ein Missgeschick einen davon beschädigt oder gar verloren. Spätestens am nächsten Tag wäre er perfekt nachgewachsen.

In einem Pyjama, den sie nur gekauft hatte, weil die Karos sie an ihr Lieblingsland erinnerten, schlich sie zurück, schloss behutsam die Tür zum Schlafzimmer und vermied es dabei, zum Bett zu sehen.

Es wurde eine lange Nacht. Samjiel in diesem Zustand gänzlich unbewacht schlafen zu lassen, wagte Iris nicht, schon allein, weil jederzeit ein anderer Wächter auftauchen konnte, um hier Station zu machen. Ein solches Treffen hätte übel ausgehen können, denn es gab unter ihren Leuten auch einige, deren Hass auf die Gerechten groß genug war, um selbst den General zum Kampf herauszufordern.

E-Mails hatte sie nicht erhalten, und die eine, die sie unbedingt schreiben musste, war schnell abgeschickt. Das russische Fernsehprogramm entsprach nicht ihrem Geschmack, und die Couch stellte sich als außerordentlich unbequem heraus. Unruhig drehte sie sich hin und her, hoffte, dass ihre Pläne aufgehen würden, und dachte immer wieder an die leibhaftige Versuchung, die bequem in ihrem Bett lag und den Schlaf der Gerechten schlief.

Schließlich gelang es ihr, eine Position zu finden, in der

sie die Flügel über die Armstützen hängen lassen konnte, ohne allzu viele Federn zu verknicken und trotzdem noch einigermaßen liegen zu können, wenn sie sich genügend Kissen in den Rücken stopfte. Während sie darüber nachdachte, weshalb Samjiel die Krankenstube so eilig verlassen hatte und warum er danach ausgerechnet ins Gateway geflohen war, musste sie wohl eingeschlafen sein, denn das Nächste, was sie sah, war ein nackter Engel, der vor ihrer Couch stand und ärgerlich ihren Namen sagte.

»Dir auch einen guten Morgen!« Iris setzte sich auf und versuchte, nicht zu starren. Die Frage, wie er von vorn aussehen mochte, war nun geklärt. Waschbrettbauch, breite Brust, außerordentlich nett anzusehen, alles keine große Überraschung. Unmittelbar in Augenhöhe allerdings … *Allmächtiger!*

Hastig sprang sie auf und floh ins Bad. Bevor sie die Tür hinter sich schloss, rief sie über die Schulter: »Zieh dir was an!« *Bitte!*

Als sie einigermaßen erfrischt und umgezogen zurückkehrte, wartete er mit vor der Brust verschränkten Armen auf sie. Die herrlichen Flügel waren leider nicht mehr zu sehen, und auch sonst gab es wenig, was sie hätte erröten lassen können, obwohl er auch in der dunklen Kleidung, die er offensichtlich in dem immer gut gefüllten Schrank des Apartments gefunden hatte, unverschämt anziehend wirkte.

»Was hast du mit mir gemacht?«, fragte er wütend.

Sie hätte sich fürchten sollen, denn Samjiel bot das vollendete Bild eines kriegerischen Racheengels. Stattdessen lachte sie lauthals. »Was ich mit dir …? Das fragst du nicht im Ernst!«

Eine Spur Unsicherheit flackerte über sein Gesicht. »Ich kann nichts Komisches daran entdecken, nackt im Bett einer Wächterin aufzuwachen. Es mag ja sein, dass dir die Regeln …«

»Regeln!« Sie spuckte ihm das Wort gleichsam vor die Füße. »Was du für gut und richtig hältst, interessiert mich nicht. Liebe, Vergebung und Respekt, das sind doch Fremdwörter für euch. Vor lauter Angst, eine *falsche* Entscheidung zu treffen, habt ihr eure Freiheit gegen diese verdammten Gesetze eingetauscht, die außer euch niemand braucht.«

Ausdruckslos hörte er zu, nur bei dem Fluch zuckte er kaum merklich zusammen. »Bist du fertig? Deinen Ausführungen darf ich wohl entnehmen, dass du nicht …«

»… heißen, hemmungslosen Sex mit dir hatte und die Schergen Luzifers schon auf dem Weg sind, uns in die tiefste aller Höllen zu holen? Ja, das darfst du annehmen.«

Wieso zum Kuckuck sieht er dermaßen erleichtert aus? Gefalle ich ihm denn gar nicht?

Ärgerlich strich sie sich ihr widerspenstiges Haar aus dem Gesicht. »Ich werde dir sagen, was passiert ist: Ich habe dich in einer Bar aufgelesen, in der es einen direkten Zugang zur Unterwelt gibt.«

Endlich schien er sich zu erinnern, seine Lippen formten lautlos: »Gateway to Heaven«.

»Genau! Und du warst nicht nur stockbesoffen, du stehst dort auch tief in der Kreide. Weißt du eigentlich, mit wem du dich eingelassen hast? Quaid ist ein verdammter Seelenhändler, und er besitzt so viele Schuldscheine von dir, dass einem angst werden kann.«

»Na und? Ich habe keinen einzigen davon unterschrieben.«

Fassungslos sah sie in sein vollkommenes Gesicht, das nicht mehr als mildes Interesse zeigte. »Du weißt es wirklich nicht, oder?« Sie ließ sich auf die Couch fallen. »Uch! Hoffentlich muss ich nie wieder auf dem verflixten Ding übernachten! Komm, setz dich.« Mit einer einladenden Geste klopfte sie auf das Polster.

»Unter einer Bedingung.«

»Und die wäre?«, fragte sie, auf alles gefasst.

»Hör bitte auf, so lästerlich zu fluchen.«

Beinahe hätte sie gelacht, aber als sie sah, dass es ihm ernst damit war, nickte sie nur, und er setzte sich neben sie.

»Also gut, dann will ich dir mal das Leben erklären.« Sie legte die Hände in den Schoß und betrachtete ihre silbernen Ringe, was ihr immer half, ihre Gedanken zu ordnen. Schließlich sah sie auf und sagte: »Wie du wahrscheinlich weißt, sind wir auch für die Portale zuständig. Deshalb haben wir recht häufig Kontakt zu den Dunklen Wächtern, und da bekommt man einiges mit. Unter anderem, dass gewisse Seelenhändler herausgefunden haben, wie man eine Blutunterschrift fälscht.« Nun sah sie ihn direkt an. »Hast du dich in letzter Zeit vielleicht einmal verletzt?«

»Nicht, dass ich …« Er stutzte. »Doch! Vor einigen Tagen habe ich mich an einem Glas geschnitten, am Rand war ein Stück herausgebrochen.« Jetzt sah er verlegen aus. »Ich habe es nicht bemerkt. Die Wunde war nicht tief. Eine Lappalie.« Als würde er die Szene deutlich vor Augen haben, sah Samjiel in die Ferne. »Der Barkeeperin war der

Zwischenfall peinlich, und sie fing sofort an, das Blut abzuwischen, obwohl das überhaupt nicht notwendig gewesen wäre.«

»Und das Tuch hat sie natürlich behalten.«

»Ja.« Einen kurzen Augenblick überlegte er. »Die Magie, die erforderlich wäre, um eine vergleichbar kleine Menge zu vermehren, damit sie für mehrere Unterschriften ausreicht, würde man bemerken.«

»Das ist ja der Trick. Sie verwenden keine Magie, sondern ganz konventionelle Wissenschaft.« Als sie sah, dass er ein wenig blasser wurde, empfand sie keinerlei Genugtuung. »Es tut mir leid, ich fürchte, die Scheißkerle haben dich reingelegt. Ein Glück, dass Quaid nicht weiß, wen er da an der Angel hat.«

»Weiß er nicht?«

Jetzt zwinkerte sie ihm fröhlich zu. »Nein, und die Schuldscheine hat er auch vergessen – zumindest vorübergehend«, fügte sie hinzu, als Samjiel sie fassungslos ansah. »So, und aus lauter Dankbarkeit wirst du mit mir frühstücken gehen.«

»Ich begleite dich überallhin, wenn du mir verrätst, wie du das gemacht hast!«

»Ganz bestimmt nicht.« Übermütig sprang sie auf. »Nun komm schon, ich habe Hunger.« Ohne eine Antwort abzuwarten, lief sie zur Wohnungstür.

Doch er hielt sie zurück. »Und warum nicht?«

»Na, weil es gegen die Regeln ist!« Iris interpretierte Samjiels Reaktion, die genau genommen gar keine war, wie es ihr gefiel, und stürmte die Treppe hinunter.

Jetzt, nachdem er seinen Rausch ausgeschlafen hatte, war ihm von seinem gestrigen Zustand nichts mehr anzumerken. Nicht einmal Kopfschmerzen schienen ihn zu plagen, was sie insgeheim verdross, wenn sie an ihre keineswegs besonders bequeme Nacht dachte. Eine lange Nacht. Es war viel später, als sie ursprünglich geglaubt hatte. Beide hatten sie den halben Tag verschlafen; inzwischen war es schon später Nachmittag.

Ein Monat, in dem die Sonne nie richtig unterging, konnte ganz schön verwirrend sein. *Kein Wunder, dass die meisten Leute hier irgendwie mit einem entrückten Gesichtsausdruck herumlaufen – es ist die pure Erschöpfung.*

Mühelos hielt er mit ihr Schritt, was sie weit weniger irritierte als die Tatsache, dass er ihr nach dem unglücklichen Start in den neuen Tag überhaupt folgte. *Hoffentlich überlegt er es sich nicht noch anders!* Schnell lief sie die Stufen zur Metro hinab und entspannte sich erst wieder, als sie schon die prächtige Halle der Untergrundstation durchquerte und ihn immer noch an ihrer Seite wusste.

Etwas außer Atem geraten, lehnte sie sich an eine der glatten Säulen, die das unterirdische Gewölbe stützten. »Ist das nicht wunderschön?«

»Das ist es wahrhaftig.« Dabei glitzerten seine Augen ziemlich eigenartig. Die einfahrende U-Bahn enthob sie einer Antwort. Sie ließ sich einfach von der drängelnden Menge in den Zug spülen, achtete aber darauf, dass Samjiel ihr folgte. Iris hatte einen Plan, und nichts würde sie nun mehr aufhalten, alles daranzusetzen, diesen auch durchzuführen.

Eine Station und etwa fünf Minuten Fußmarsch später zeigte sie auf ein nicht besonders beeindruckendes Gebäude. »Hier ist es.« Mit einem Lächeln, als wäre sie im

Begriff, eine große Bühne zu betreten, ging Iris durch die hohen Türen hinein und blieb überwältigt von der würzigen Luft der Markthalle stehen.

Die Marktstände waren reich gefüllt mit Lebensmitteln aller Art. Obst, Gemüse und duftende Brote wurden angeboten. Liebevoll präsentierte Kräuter, Kuchen oder riesige Torten sollten die zahllosen Besucher dazu verführen, stehen zu bleiben und weitere Köstlichkeiten zu entdecken. Würste hingen an glänzenden Metallhaken, und auch frisches Fleisch, die einstige Form der Tierkörper noch gut erkennbar.

»Du lieber Himmel!« Samjiel neben ihr erstarrte.

Möglicherweise war die Idee doch nicht besonders brillant, mit ihrem Vorhaben ausgerechnet hier weiterzumachen. An die Metzgereien hatte sie nicht gedacht. Doch Iris ließ sich nicht entmutigen, und außerdem hatte sie richtig Appetit. »Dort hinten!« Entschlossen ergriff sie seinen Ärmel und zog ihn in die entgegengesetzte Richtung.

An einem Stand mit Milch und Käse blieb sie stehen. Die Verkäuferinnen mit ihren weißen Schürzen und Hauben erinnerten an vergangene Zeiten, in denen es an jeder Straßenecke einen Milchladen gegeben hatte. Dazu passten die weiß gekachelten Wände rundherum recht gut, obwohl hier und da eine Reparatur dringend notwendig gewesen wäre. Rund um die Stände zeigte die Keramik an einigen Stellen tiefe Risse oder war teilweise abgeplatzt, doch das störte Iris nicht. Nicht zum ersten Mal staunte sie über die vielen Käsesorten, die großen Schüsseln mit Joghurt, Quark und wer weiß, was sonst noch, vor denen handgeschriebene Schildchen aufgestellt waren, die über die Herkunft der ausgestellten Köstlichkeiten Auskunft gaben.

»Hier, probieren Sie!« Eine kleine Frau war herbeigeeilt und hatte sich hastig die Hände an dem karierten Tuch abgewischt, das in ihrem Schürzenbund steckte. Mit einem Schälchen in der Hand beugte sie sich über den Tresen, um es ihnen zu reichen.

Natürlich konnte Iris nicht widerstehen und griff zu. »Lecker!« Sie reichte die leere Schale zurück. »Und was ist das da?« Dabei zeigte sie auf eine Schüssel in der Verkaufstheke, in der sich etwas hellgrün Gesprenkeltes befand, das mit Minzsträußchen dekoriert war.

»Quark mit frischen Kräutern vom Schwarzen Meer.« Die Verkäuferin gab einen großen Klecks in ein Probiergefäß, und als sie einen sauberen Löffel dazugeben wollte, winkte Iris ab.

»Danke. Der hier genügt mir.« Wie zum Beweis leckte sie noch einmal darüber, bevor sie von der nächsten Versuchung kostete.

Einer ihrer Aufträge hatte sie vor vielen Jahren an die Loire geführt, wo ihr Schützling eine herrschaftliche Schlossküche leitete. Schon immer hatte sie gutes Essen geliebt, aber dort hatte sie auch gelernt, exquisite Speisen zuzubereiten. Auch einem Schluck edlen Weins war sie seither nicht abgeneigt. Betrunken, so wie Samjiel, war sie aber noch nie gewesen. *Okay, vielleicht hatte ich mal einen klitzekleinen Schwips*, dachte sie amüsiert. Eine wunderbare Zeit. Bis der Koch, ein gefallener Engel, auf den sie achtgeben sollte, leider den Verführungskünsten einer außerordentlich attraktiven Dämonin erlegen war und mit den dunklen Mächten paktieren wollte, sodass sie ihn hatte hinrichten müssen, bevor Schlimmeres geschah. Als sie daran dachte, wie er am Ende vor ihr gekniet und um Gnade gefleht hatte, verzog Iris den Mund.

»Schmeckt es nicht?« Die besorgt klingende Stimme der Verkäuferin riss sie aus ihren Erinnerungen.

»Doch, doch. Es ist nur … ziemlich viel Knoblauch darin.«

»Tatsächlich?« Nun probierte die Frau ebenfalls. »Ja, stimmt. Das muss man mögen.« Sie überlegte kurz. »Petersilie? Nein, warte, hier habe ich noch etwas ganz Besonderes für dich. Joghurt von der polnischen Grenze und besten Bashkir-Honig mit Mandeln aus Turkmenistan.«

Iris löffelte auch dieses Schälchen leer, und die Verkäuferin hatte noch viele Köstlichkeiten auf Lager, die sie großzügig auch an andere Kunden verteilte. Iris war längst pappsatt, als sie sich auf einmal an ihren Begleiter erinnerte.

Samjiel stand zum Glück immer noch neben ihr und betrachtete sie, wie es schien, von oben herab. Aber das konnte täuschen – schließlich war er größer als sie, und das Zucken um seine Mundwinkel hätte auch bedeuten können, dass er sich amüsierte.

»Wir nehmen einen Becher davon«, sagte er zu ihrer Überraschung und zeigte auf die letzte Kostprobe, bei der sich Iris hatte beherrschen müssen, um den kleinen Napf am Ende nicht sorgfältig auszulecken.

Natürlich! Es wäre ziemlich unhöflich gewesen, sich durch das Angebot zu naschen und dann einfach weiterzugehen.

»Sieh mal!« Ein üppig dekorierter Obststand hatte Iris' Aufmerksamkeit erregt, und ohne auf Samjiel zu warten, lief sie hinüber. Riesige Weintrauben hingen an mehreren

Metallgestellen und sahen aus wie dunkelblaue Baumkegel. Gleich daneben lagen blank polierte Äpfel und hellgrüne Birnen wie gemalt. Fein duftende Orangen waren mit militärischer Sorgfalt zu einer Pyramide aufgestapelt, davor ein geblümtes Tellerchen, auf dem abgezogene Spalten ausgelegt waren, die zum Probieren einluden. Iris nahm sich eine davon und steckte sie in den Mund. Das Aroma der süßlich sauren Frucht explodierte auf ihrer Zunge; überwältigt legte sie den Kopf in den Nacken und schloss die Lider. »Es muss Äonen her sein ...«, hörte sie sich seufzen und riss gleich darauf die Augen wieder auf. Samjiels Gesicht war ganz dicht vor ihrem. Ein ahnungsloser Beobachter hätte glauben können, er wollte sie küssen.

Stattdessen tat er etwas beinahe ebenso Unerhörtes. Er wischte ihr über den Mundwinkel und steckte den Daumen, an dem nun ein orangefarbener Tropfen glitzerte, in seinen Mund, um ihn abzulecken. »Köstlich, nicht wahr?« Dabei zwinkerte er ihr zu.

Wollte er ihr zu verstehen geben, fragte sich Iris, dass sie ihn unterschätzte, wenn sie glaubte, er hätte keinen Sinn für die schönen Dinge, die diese Welt – verlorenes Paradies oder nicht – noch in großer Fülle besaß?

Samjiel hob eine Augenbraue, als hätte er ihre Gedanken erahnt. »Manchmal könnte man annehmen, die Menschen bereuten es, das Paradies verlassen zu haben, und setzten alles daran, es mit ihren bescheidenen Mitteln neu zu erschaffen.« Sein Blick streifte den Fleischstand, wo Verkäuferinnen in blau gestreiften Kittelschürzen begonnen hatten, die Ware für die Nacht zu verstauen. Kühl fuhr er fort: »Aber in all den Jahrhunderten haben sie einige grundlegende Dinge immer noch nicht verstanden. Hast du mir das zeigen wollen?« Er drehte sich um, und dieses Mal war er es, der voranging.

Iris folgte ihm aus der Markthalle, hinaus in den warmen Sommerabend. Wortlos gingen sie eine Weile nebeneinander durch die Straßen, die in der Zwischenzeit nicht leerer geworden waren. Im Gegenteil: Fast schien es, als habe es niemand eilig, heute nach Hause zu kommen. Menschen saßen auf Bänken, tranken aus mitgebrachten Flaschen, rauchten, plauderten, die Hände tief in den Hosentaschen vergraben, oder strebten eilig einem unbekannten Ziel entgegen; einer Verabredung vielleicht, mit Freunden oder dem Liebsten im Park, oder in eines der vielen Cafés und Restaurants, die es neuerdings hier an fast jeder Ecke zumindest der großen, touristischen Boulevards gab. Die beiden Engel ließen sich mit der Menge treiben.

Man kennt Sankt Petersburg als die geheimnisvolle Schöne des Nordens. Im Sommer, wenn es nachts nicht mehr dunkel wird und der blau schimmernde Abendhimmel auf eine zarte Morgensonne trifft, finden Konzerte und Ausstellungen statt, und die Straßencafés sind bis frühmorgens gefüllt. Diese Weißen Nächte, sagt man, sind die beste Zeit für einen Besuch in der ehemaligen Hauptstadt des russischen Reichs, deren prachtvolle Bauten vergessen lassen, dass die meisten der fünf Millionen hier lebenden Menschen ums Überleben kämpften. Vielleicht gab es in der Stadt deshalb so erstaunlich viele Engel: vergoldete, im Sonnenlicht strahlende auf den Dächern, farbenfrohe in den Kirchen und Schlössern und naive, ernst dreinblickende, auf altem Holz in hingebungsvoller Religiosität gemalte oder aus Geldgier kopierte Engelsfiguren. Und nicht zu vergessen die hoffnungslos überforderten Schutzengel, die ungezählten Nachkommen verstoßener Himmelsbewohner und dunklen, gefallenen Engel, die ihr Herz nicht vermissten und ihre Seele längst verkauft hatten.

Was Samjiel dachte, konnte sie nicht ergründen. Eines aber stand fest: Er war nicht er selbst. Die Veränderungen, die unübersehbar in ihm vorgingen, machten ihn verletzlich. So sehr, dass sich Iris vornahm, ihn um jeden Preis zu schützen. Egal, was er als General getan hatte, er verdiente eine zweite Chance. Schließlich war er kein Mörder, der aus einem Zwang oder aus purer Lust getötet hatte. Sie glaubte fest daran, dass mit den Gefühlen auch die Erkenntnis kommen würde.

Doch helfen konnte sie ihm nur, wenn er sich ihr anvertraute. Deshalb zermarterte sie sich das Gehirn, wie sie ihn dazu bringen konnte. Er durfte sie nicht als Gegnerin, sondern musste sie als Verbündete wahrnehmen. Bis es so weit war, würde sie ihm die Schönheiten dieser Welt ein bisschen näherbringen. Der mehr oder minder spontane Ausflug, den sie gestern in die Suppenküche unternommen hatten, war der erste, die Markthalle der zweite Schritt gewesen. Vielleicht half ihm dies dabei, schneller zu seinem neuen, bisher noch fremden Selbst zu finden. Viel Zeit blieb ihnen nicht, bevor andere Mächte über sein Schicksal entscheiden würden.

»Man könnte«, überlegte sie laut, »in einen der Parks gehen.« Oder auch ans Ufer der Newa, wo die Menschen die milde Nacht genossen, als gelte es sich vom Winter zu erholen, dessen Spuren immer erst im Frühsommer aus dem Stadtbild verschwanden, wenn auch der letzte der vieles verbergenden Schneehaufen am Straßenrand geschmolzen war. Das graue Eis gab zuweilen Erstaunliches frei: ausgeleerte Geldbörsen, eine verlorene Kindermütze oder gar, wie letzten April die Zeitungen gemeldet hatten, ein funktionsfähiges Holzbein. Doch jetzt war der Unrat endlich fortgeräumt, die tiefsten Löcher in den Hauptstraßen geflickt, und die Gesichter der Petersburger wirkten aufgeräumt wie sonst nur selten.

Sie passierten einen Platz. Sechs, sieben Paare drehten sich zu bittersüßen Melodien, die eine ältere Frau auf der Geige spielte, während eine zweite dazu sang, mit so klarer Stimme, dass sie garantiert in einer klassischen Ausbildung geformt worden war. Publikum hatte sich eingefunden. Zwei Mädchen, eng umfasst, wiegten sich zur Musik. Ihnen war anzusehen, dass sie tanzen wollten, sich aber nicht trauten. Vielleicht mit einem der jungen Männer, die etwas abseits um eine Steinfigur herumstanden und, ein Bier in der Hand, verstohlen hinübersahen, stets darauf bedacht, dass die Freunde nicht bemerkten, wie gern sie ein Teil dieser heiteren Szene gewesen wären.

Als Iris eine Bemerkung über die beschwingte Stimmung machen wollte, die so gar nicht zu ihrem Bild von der schwermütigen Seele der Bewohner dieses Landstrichs passte, verlangsamte Samjiel plötzlich seine Schritte, bis sie sich nach ihm umdrehen musste, um herauszufinden, was los war. Die hoch aufgerichtete Haltung, in der er nun verharrte, ließ vermuten, dass er etwas anderes sah als das harmlose Vergnügen, an dem sie sich eben noch erfreut hatte.

Aufmerksam ließ sie den Blick erneut über den Platz gleiten. Was war ihr entgangen? Ein Junge, kaum älter als sieben oder acht Jahre, drückte sich in der Nähe der Touristen herum und sah aus, als führe er nichts Gutes im Schilde. Im Sommer hatten die Taschendiebe Hochkonjunktur. Iris, hin- und hergerissen zwischen dem natürlichen Bedürfnis, Menschen vor Unheil zu bewahren, und dem Wunsch zu erfahren, was Samjiel derart fesselte, dass er alles um sich vergessen zu haben schien, wartete angespannt darauf, was als Nächstes passieren würde. Ihr Blick blieb an einer schlanken Gestalt hängen. An der Figur, beziehungsweise an dem, was davon zu erkennen war, konnte man das Geschlecht kaum festmachen, aber sie wusste, dass es ein Mädchen war, das etwas abseits stehend den geplanten Diebstahl ebenfalls bemerkt hatte.

Aus grobem Leinen, dunkel und weit geschnitten, erinnerten ihr Hemd und die schlichte Hose an die Kleidung einer chinesischen Landarbeiterin zu Zeiten der Kulturrevolution. Die mandelförmigen Augen in einem blassen Gesicht mit hohen Wangenknochen und einer kleinen Nase unterstrichen diesen Eindruck. Plötzlich weiteten sie sich, und das Mädchen sah zu ihnen herüber. Nun war es Iris, die sich beobachtet fühlte.

Das wird ja immer interessanter. Iris konzentrierte sich auf das weitere Geschehen.

Der Taschendieb hatte sich ein Opfer ausgesucht, allerdings nicht mit dessen Aufmerksamkeit gerechnet. Die Touristin quietschte auf, und ihr Begleiter hielt den Jungen geistesgegenwärtig am Ärmel seiner Jacke fest. Der sah sich Hilfe suchend um, doch seine Landsleute scherten sich weder um ihn noch um den Fremden, der nun laut nach der Miliz rief. Nur die Jungs verließen ihren Platz an der Bank und schlenderten betont gelassen davon, als in einiger Entfernung zwei Ordnungshüter aus einem Burger-Imbiss kamen und sich missmutig nach der Lärmquelle umsahen. Als sie aber erkannten, dass der Fremde ihnen die Arbeit bereits abgenommen hatte, rückte der kleinere seine Uniformmütze zurecht und setzte sich in Bewegung. Der andere steckte einen letzten Bissen in den Mund und folgte ihm kauend, was seiner gefährlichen Ausstrahlung erstaunlicherweise keinen Abbruch tat.

Dem, dachte Iris, *geht man lieber aus dem Weg.* Der gleichen Ansicht schien auch das Mädchen zu sein. Sie hatte sich den Touristen unauffällig genähert und verpasste dem Mann nun einen harten Stoß, der ihn straucheln und seinen kleinen Gefangenen vorübergehend vergessen ließ. Der nutzte wieselflink die Chance zur Flucht und war kurz darauf in der Menge verschwunden. Auch seine Befreierin hatte sich unauffällig verdrückt.

»Was …?« Der Satz blieb Iris im Halse stecken. Samjiel schickte sich doch tatsächlich an, die bis eben noch unsichtbaren Schwingen auszubreiten! »Hast du vergessen, dass uns jeder sehen kann?« Schnell hielt sie ihn am Ärmel fest. »Du kannst ihnen doch nicht einfach hinterherfliegen!«

Obwohl selbstverständlich keiner der Menschen geglaubt hätte, seinen Augen trauen zu können, wäre plötzlich jemand aus ihrer Mitte in die Lüfte aufgestiegen – Aufregung hätte es ganz gewiss verursacht und genau die Art Aufmerksamkeit erregt, die jeder von ihnen zu vermeiden suchte. Darin waren sich Wächter und Gerechte ausnahmsweise einmal einig. »Wer ist das? Dein Auftrag?«

Samjiel murmelte etwas, das verdächtig nach einem Fluch klang, und sah sie ärgerlich an. »Ich habe keinen Auftrag!«

»Ach ja, ich vergaß! Der mächtige General sucht sich seine Jobs selbst aus.« Nicht sicher, ob sich ihr Begleiter nicht doch noch vergessen würde, bemühte sie sich, ihn unauffällig in eine ruhigere Seitenstraße zu lotsen.

»Wenn es kein Job ist, was ist da bitte schön eben abgelaufen?« So schnell würde sie nicht aufgeben.

»Nichts!« Samjiel blieb stehen. Mit beiden Händen hielt er sich an dem eisernen Zaun fest, der die Passanten davor schützen sollte, in den Kanal zu stürzen. Schweigend sah er einem Boot nach.

Nachdem es langsam unter der geschwungenen Brücke hindurchgeglitten und längst außer Sichtweite war, versuchte Iris es noch einmal. »Sam, wenn du darüber sprechen willst …!«

»Es ist nichts.« Jetzt sah er sie an. »Iris, ich bin dir dankbar für das, was du für mich getan hast. Und ich weiß, was du vorhast, aber es wird nicht funktionieren. Ich bitte dich, geh deiner Wege! Beschütze die Schwachen. Irgendwas. Tu, was du willst, aber lass mich in Ruhe!« Damit lösten sich seine Konturen auf, und er wurde selbst für sie unsichtbar. *Es ist nicht gut für dich, wenn du in meiner Gesellschaft gesehen wirst*, hörte sie seine Gedanken so leise, als trüge der Wind sie von weit her zu ihr herüber. Dann war er fort.

Wenn sie es nicht schon gewusst hätte, wäre dies der endgültige Beweis gewesen, dass mit ihm etwas ganz und gar nicht in Ordnung war. Du lieber Himmel, offenbar wollte er sie nicht in sein emotionales Chaos hineinziehen. *Dafür ist es zu spät.* Sie steckte längst mittendrin.

Die Sache mit den Schuldscheinen konnte sie geradebiegen, sofern Samjiel die Bar und Quaid in Zukunft mied. Wenn aber sein wahres Problem gelöst werden sollte, musste er auch selbst etwas dazu beitragen. Sie hatte gehofft, ihm schon ein bisschen auf die Sprünge geholfen zu haben. Nun war sie sich nicht mehr sicher.

Immerhin, noch war nicht alles verloren. Die strenge Hierarchie, der die Gerechten unterworfen waren, erschien ihr auf einmal ganz nützlich. Niemand würde eigenmächtig Schritte gegen ihn unternehmen – allerdings dürfte es nicht mehr lange dauern, bis sich sein Zustand herumgesprochen haben würde. Irgendjemand redete immer, und sobald der Erzengel Michael davon Wind bekam, würde er Samjiel zur Rede stellen. Beinahe wünschte sich Iris, Zeugin einer Auseinandersetzung zwischen diesen beiden mächtigen Engeln zu werden. Ein wenig schämte sie sich für den Gedanken, doch sie war zu lange Kriegerin, um sich nicht an einem ordentlichen Kampf erfreuen zu können. Und dieser würde mehr als das werden – er würde die sorgsam gehütete Ordnung der Gerechten nachhaltig erschüttern, davon war sie überzeugt. Sie lachte und klatschte in die Hände. Erschrocken flogen die Vögel auf. »Zuerst die Arbeit, dann das Vergnügen«, murmelte sie und tat es ihnen nach.

»Weine doch nicht, Aljoschenka!« Obwohl sie wusste, wie sehr er es hasste, wie ein kleines Kind behandelt zu werden, strich Galina dem Jungen das Haar aus der Stirn und schob ihm den Stuhl zurecht. »Jetzt iss erst mal was.«

Müde setzte sie sich ebenfalls an den sauber gescheuerten Tisch in der Wohnküche, griff nach einer Kelle und schöpfte klare Brühe aus dem Topf. Die Schale mit dem verblichenen Blumendekor schob sie Miljena zu. Aljoscha bekam die große Tasse mit dem angeschlagenen Henkel, für sich selbst füllte sie den Becher, aus dem sie morgens ihren Tee trank. Das Steingut schien beide Aromen aufzusaugen wie ein Schwamm. Suppe und Tee, das passte nicht zusammen. Doch auf solche Feinheiten zu achten, konnte sich hier niemand leisten.

»Dieses Mal hätten sie ihn beinahe erwischt. Es hat nur noch so viel gefehlt.« Miljena machte eine entsprechende Geste mit Zeigefinger und Daumen, die zeigen sollte, wie haarscharf der glücklose Dieb der Miliz entkommen war. »Er ist einfach zu blöd zum Stehlen.«

Sie musste nicht extra betonen, dass die Polizisten Aljoscha nicht nur verprügelt, sondern auch in das Kinderheim zurückgebracht hätten, in dem er die ersten Jahre seines Lebens in einem Gitterbett verbringen musste, bevor die älteren Jungen eine bessere Verwendung für ihn gefunden hatten. Wehren hatte er sich nicht können, dafür war er immer zu zart gewesen, doch Aljoscha besaß andere Talente. Die jedoch hatte er damals lieber für sich behalten, und auch jetzt war seine einzige Antwort ein gut gezielter Tritt gegen Miljenas Schienbein.

»Idiot!« Ihre Hand schoss vor und hinterließ fünf deutlich sichtbare Spuren auf seiner Wange.

»Kinder!« Nicht einmal die Stimme hatte sie erhoben, doch der Effekt hätte nicht größer sein können. Die beiden senkten gleichzeitig den Kopf und murmelten eine Entschuldigung.

Keine zwanzig Minuten später zeugten gleichmäßige Atemzüge davon, dass Aljoscha wenigstens für die nächsten Stunden Ruhe geben würde.

Miljena zog die Nase kraus. »Muss er wirklich hier im Haus schlafen? Er stinkt!« Vom Nutzen einer regelmäßigen Körperpflege hatten sie ihn bisher nicht überzeugen können, und normalerweise schlief er zumindest im Sommer ohnehin lieber in seiner *Höhle*, wie sie den Unterschlupf an der Abbruchmauer nannten.

»Weshalb warst du draußen? Du weißt doch, dass sie nach dir suchen!« Zum ersten Mal an diesem Abend ließ ihre Stimme etwas von der Besorgnis erahnen, die sie bis zu diesem Moment geschickt kaschiert hatte.

»Ach, Mama! Es wird immer jemanden geben, der hinter mir her ist. Und Aljoscha wollte unbedingt in den Park. Ich hatte ja keine Ahnung, dass er Touristen beklauen wollte.« Ein kurzer Blick ihrer Mutter genügte. »Ja, gut! Natürlich wusste ich das. Was glaubst du denn, warum ich ihm nachgegangen bin?«

»Und woher stammt das Suppenfleisch?«

Miljena schüttelte den Kopf.

»Kind, wohin soll das führen?«

Das Metallbett ächzte und schwankte, als Samjiel sich daraufsetzte. Gleichgültig, was er versuchte, um sie zu vergessen, sie blieb immer bei ihm. Iris hatte sich für ihre Wohnung entschuldigt, weil sie klein war und schlicht eingerichtet. Samjiel rieb sich die Augen und sah sich um. In diese Bruchbude hätte sie bestimmt keinen Fuß gesetzt.

In der Vergangenheit hatte ihn der Gedanke an eine geeignete Unterkunft selten beschäftigt, meist brauchte er ohnehin keine. Der General kam, tötete und flog davon, ohne weitere Spuren zu hinterlassen. Doch weil diese Mission anders war als alle anderen, hatte er sich schließlich in dieser heruntergekommenen Pension eingemietet.

Dass es das Beste sei, was man in der Gegend bekommen könnte, und er Glück habe, dass der Vormieter plötzlich verstorben war und seine Möbel niemand abgeholt habe, hatte die Wirtin ihm vorgeschwärmt.

An ihren Lobpreisungen nicht besonders interessiert, war Samjiel ihr eine schmale Stiege hinaufgefolgt. Hier oben, gleich unter dem Dach, gab es nur diesen einen Raum. Der Rest war wohl als Lager vermietet und besaß einen Zugang am anderen Ende des Hauses. Ein Bett und zwei Haken an der Wand: Das war die gesamte Ausstattung des Verschlags, den die Frau ihm jedoch unbeirrt als Glücksfall anpries, weil ein Fenster erlaubte, über die Dächer der Stadt zu blicken, sofern man vorher aufs Bett stieg. Gerade das große Fenster, durch das er unbemerkt kommen und gehen konnte, machte es für Samjiel ideal. Deshalb bezahlte er die Miete auch gleich für einen Monat im Voraus.

Zufrieden steckte sie die Rubel ein und führte ihn durch die untere Etage. Dort lagen die Zimmer an einem lichtlosen Gang aufgereiht wie schmutzige Lumpen auf einer Leine. In einem wohnte ein Dichter, der als berühmter Literat vorgestellt wurde. Er sah tatsächlich aus, als hätte er schon mit Puschkin über Literatur diskutiert, blickte kaum von den Blättern auf, die mit seiner sauberen Handschrift bedeckt waren. Wahrscheinlich musste er immer dafür herhalten, als Beispiel für den *hohen Standard* des *exquisiten* Gemeinschaftshauses vorgeführt zu werden. Seine Bücherregale reichten bis zur Decke, vollgestopft mit Büchern und Manuskripten, sodass von den Wänden nichts mehr zu sehen war. Es roch nach vergilbtem Papier, Staub und altem Mann. Bei Weitem der angenehmste Geruch, wie Samjiel feststellte, als sich eine andere Tür öffnete, drei Kinder den Flur entlangtobten und kreischend in der Küche verschwanden, die sich alle Bewohner teilten. Eine der beiden Toiletten wurde ihm gezeigt, und als er sich über die merkwürdige Kollektion von Klobrillen an den Wänden wunderte, erfuhr er, dass jeder Mieter seinen eigenen Toilettensitz benutzte. Das sei hygienischer und ein weiterer Beleg für den hohen Standard ihrer Pension, erklärte die Vermieterin, und seiner sei der dunkelbraune dort oben rechts.

Ihre Fragen, woher er käme und wie lange er in Sankt Petersburg bleiben wolle, hatte er wortkarg beantwortet. Aber er hatte sie beantwortet, denn irgendjemand würde sich nach dem neuen Gast in der Mansarde erkundigen. So faul oder bestechlich manche Milizionäre auch sein mochten – wie man heute wieder hatte erleben dürfen –, so unergründlich und verschlungen waren die Wege der Geheimpolizei. Besonders in dieser Stadt, die als Tor zu Europa gegründet worden war, hatte sie es zu einer wahren Meisterschaft gebracht. Niemand entging ihrer Aufmerksamkeit. Nicht einmal ein Engel, dessen Tarnung unter anderem darin lag, von Sterblichen überall auf der Welt für einen Einheimischen gehalten zu werden.

Wächter hatten es leichter. Sie verfügten über ein ausgezeichnetes Netzwerk, das sie für ihre – zugegeben meist längeren Aufträge – mit zahlreichen Annehmlichkeiten versorgte. Dazu gehörten eine Reihe von bestens ausgestatteten Apartments, die sie nutzen konnten, und genügend Geld, um sich in ein Hotelzimmer einzumieten.

Natürlich war der Preis dafür inakzeptabel. Wächter erreichten die Erde immer wieder aufs Neue äußerst verletzlich und erhielten ihre Kräfte erst nach einiger Zeit zurück. Bis dahin konnte alles Mögliche mit ihnen geschehen, Dämonen konnten sie aufspüren und ihre Hilflosigkeit ausnutzen, und vor der Entdeckung durch einen Menschen waren sie ebenfalls nicht sicher.

Deshalb hatte er sich auch nichts anmerken lassen, als er beobachtete, wie Iris ihm die Feder stibitzte, mit deren Hilfe selbst jemand wie er zu orten war, wenn man sich geschickt anstellte. Er hatte ihr das Ding später wieder abnehmen wollen, doch die Gelegenheit dazu hatte sich nie ergeben.

Inzwischen wusste er, dass er Iris nicht unterschätzen durfte. Sie hatte ihn regelrecht aus dem Gateway hinausgeschleift und überhaupt nicht mehr so verletzlich gewirkt wie bei ihrer ersten Begegnung, als sie nackt und bunt wie ein Paradiesvogel neben ihm auf diesem Kreuz hoch oben über der Festung gesessen und mit den Beinen gebaumelt hatte wie ein unbeschwertes Kind. Was sie natürlich nicht war. Ihr eilte der Ruf einer streitbaren Kriegerin voraus, die sich bedingungslos für ihre Sache einsetzte. Nahezu mühelos war es ihr gelungen, ihn vor großen Schwierigkeiten zu bewahren.

Als Dank dafür hatte er sie des Verrats bezichtigt. Wie hatte er nur glauben können, dass sie ihn verführen wollte? Allein der Gedanke war schon absurd. So absurd wie dieses eigentümliche Bedauern, das er gespürt hatte, als ihm bewusst geworden war, dass sie ihn nicht etwa attraktiv oder gar begehrenswert fand, sondern einfach nur tat, was eine Vigilie aus Nephthys' Heer eben tat: über die Ordnung der Dinge zu wachen, ebenso wie er auch, nur auf ihre Weise.

Wächter galten als gesellig. Vielleicht war ihr die Wartezeit bis zur Erteilung ihres Auftrags zu lang geworden und sie hatte deshalb seine Gesellschaft gesucht. Bisher hatte wohl niemand davon erzählen können, ihn dabei beobachtet zu haben, wie er in melancholischer Stimmung auf einem Kirchturm saß. Das mochte ihr Interesse geweckt haben. Zudem kam sie ihm wie jemand vor, der seine Nase gern in die Angelegenheiten anderer steckte.

Er musste vollkommen verrückt geworden sein, am nächsten Tag wieder zum Turm zu fliegen. Und noch schlimmer: Er hatte es getan, um sie wiederzusehen, und war keineswegs verärgert, sondern regelrecht erfreut gewesen, als sie ihm danach durch die Stadt gefolgt war. Ihre Fähigkeiten testen zu wollen, war nur ein Vorwand gewesen, an den er schon nicht mehr glauben mochte, als sie sich zu ihm ins Café gesetzt hatte. Dies war allerdings noch lange kein Grund, sich anschließend in diese Suppenküche schleifen zu lassen. Wider Willen war er dort jedoch von der Hingabe dieser Galina beeindruckt gewesen, die er erst nicht erkannt hatte, obwohl sie, wenn auch unter einem anderen Namen, auf seiner Liste stand.

Den anderen, Galinas mutmaßlichen Liebhaber, hatten seine Leute damals erwischt, als er gerade mit einem Dunklen Engel über irgendetwas verhandelte. Genau erinnerte sich Samjiel nicht mehr, was in dem Bericht gestanden hatte.

Galina war mit dem Kind entkommen, was umso ärgerlicher war, da der Verdacht bestand, dieses Mädchen könnte tatsächlich der Spross zweier Engel sein. Leider hatten sich die Hinweise darauf verdichtet, und er war selbst in die Stadt gekommen, um dem nachzugehen, obwohl er bereits ahnte, dass irgendetwas mit ihm nicht in Ordnung war.

Im Laufe der letzten Wochen war es ihm leidlich gelungen, einige der Gefühle, die ihn quälten, allmählich in den Griff zu bekommen und sich nicht mehr von ihnen leiten zu lassen. *Es ist richtig, die Welt von den Gefallenen zu befreien.* Genau das hätte er auch hier längst tun sollen. Wie talentiert oder barmherzig sie sich auch geben mochten – irgendwann endeten sie alle als Luzifers eifrige Untertanen.

Iris war da natürlich anderer Meinung, und zweifellos hatte sie ihn deshalb in die Suppenküche gelotst. Der Konflikt zwischen Pflicht- und Mitgefühl hatte ihn fast wahnsinnig gemacht, und er war im Gateway gelandet. Mit bekanntem Ausgang: Samjiel stand jetzt zu allem Überfluss auch noch in der Schuld einer Wächterin.

Was aber nicht der Grund gewesen war, aus dem er sie in die Markthalle begleitet hatte. Über die Beweggründe hatte er nicht groß nachgedacht, stattdessen hatte er einfach ihre Gesellschaft genossen. Der Ausflug hatte ihm sogar Spaß gemacht – bis ihm plötzlich bewusst geworden war, was er da tat. Sein Untergang war nicht mehr aufzuhalten, und da fiel ihm nichts Besseres ein, als sich mit einem unschuldigen Engel auf eine Art vergnügen zu wollen, über die er jetzt lieber nicht nachdenken mochte. *Und unschuldig ist sie.* Daran bestand trotz ihres lästerlichen Mundwerks kein Zweifel, denn auf ihre Art konnte Nephthys, die Herrin der Wächter, ebenso gnadenlos sein wie der Erzengel, dem er diente. Die Gerechten, allen voran sein Chef, hätten gewiss erfahren, wäre es erlaubt gewesen, dass sich die Engel der Vigilie als einzige Bewohner Elysiums fröhlich durch die Betten wälzten.

Bei diesem Gedanken lachte er bitter auf. Wie unendlich schwer es denjenigen unter ihnen fallen mochte, der Versuchung zu widerstehen, die ihr Herz und damit auch Gefühle besaßen, davon hatte er inzwischen zumindest den Hauch einer Ahnung.

Samjiel griff nach einer halb leeren Flasche und drehte sie nachdenklich in den Händen. Er nahm einen Schluck und verzog das Gesicht. Das Zeug taugte nicht einmal annähernd dazu, die Emotionen zu kontrollieren, die wie die Fontänen eines Geysirs in seinem Inneren sprudelten und in den unmöglichsten Augenblicken emporschossen, dass ihm schwindelig wurde.

Anfangs hatte es noch geholfen, ja. Schon seit geraumer Zeit jedoch nicht mehr. Die Stunden in der Bar hätte er sich sparen können, ebenso wie das Geld, das er für dieses Gift im Supermarkt gelassen hatte. Auch so eine neue Erfahrung: Einkaufen.

Noch nie zuvor war er in einem dieser Geschäfte gewesen, aus denen die Menschen neuerdings ihre Nahrung bezogen. Zuletzt hatte er auf einem Markt in Konstanz Verwendung für die wenigen Taler gehabt, die er bei sich trug, um notfalls unter den Menschen nicht aufzufallen. Einige Tage vor dem Konzil, wenn er sich richtig erinnerte. Dort hatte er ein Brot gekauft … und es natürlich nicht gegessen, sondern in einem unbeachteten Augenblick den herumstreunenden Kindern zugeworfen, die sich immer hungrig an den Ständen herumdrückten, wie Hunde oder die allgegenwärtigen Ratten. Im Gegensatz zu Nephthys, die ihren Wächtern erlaubte, sich mit allen Frivolitäten der Menschheit auszustatten, hielt Michael seine Armee kurz, Luxus war ihnen fremd, und bisher hatte Samjiel ihn nie vermisst.

Allerdings war er auch noch niemals zuvor auf einem vergleichbar bequemen Lager erwacht wie heute. Wenn er sich konzentrierte, dann kehrte die Erinnerung an den Duft zurück, der ihn wie ein warmer Sommertag auf dem Land umfing. Sie roch nach reifem Korn, nach Blumen, die sich im Wind wiegten, und nach goldgelbem Honig. Das Entzücken kam ihm in den Sinn, mit dem sie die Früchte gekostet hatte, und dass der Tropfen, den er aus ihrem Mundwinkel gestohlen hatte, ihm köstlicher vorgekommen war als Ambrosia.

So viele Male hatte er die Anzeichen schon gesehen, und das Wissen lag tief in seiner Seele verankert: Mit den Gefühlen kam unweigerlich der Sturz eines jeden Engels. »Ich bin wahrhaftig verdammt!«, flüsterte er. »Und wenn ich nicht aufpasse, reiße ich Iris ebenfalls in den Abgrund.«

Die Vorstellung, mit ihr gemeinsam die Reise in die Unterwelt anzutreten, bekam für einen kurzen Augenblick etwas ungemein Tröstliches. Doch sofort legte sich Furcht wie ein eisiger Schleier über ihn – hatte nun zu allem Unglück die Selbstsucht Besitz von ihm ergriffen?

Das Beste wäre es zweifellos, gleich zu Michael zu gehen, wie er es längst getan hätte, wäre Iris nicht aufgetaucht. Seither war das Tohuwabohu in seinem Leben noch größer geworden.

Hast du überhaupt gelebt, bevor deine Gefühle erwacht sind?, fragte eine ketzerische Stimme in seinem Inneren.

Von der hatte er auch die Nase voll. Ständig stellte sie Fragen, wog ab und schien über jeden Schritt, den er unternahm, diskutieren zu wollen. Früher hatte es das nicht gegeben. Man tat, was getan werden musste, und niemals hatten ihn dabei Zweifel geplagt. Damit musste es ein Ende haben! Als Befehlshaber einer Armee durfte er keine Unsicherheiten zeigen. Der Alkohol brannte in seiner Kehle, während er die Flasche leerte. Ärgerlich warf er sie an die Wand, wo das Glas in Tausende Splitter zerbarst, die den Raum mit ihrem Glitzern schmückten.

Der Erzengel war seine einzige Hoffnung zu beenden, was ansonsten unweigerlich in unkontrollierbares Chaos münden würde. Mit etwas Glück würde es schnell gehen, und niemand musste von den genauen Umständen seines Endes erfahren. Michael sprach nie mehr als notwendig. Er würde sein Schwert nehmen, es Samjiel in die Brust stoßen und ihn ein für alle Mal erlösen. Damit wäre wenigstens ein noch größerer Schaden für die Sache der Gerechten verhindert, als er in seinem unkontrollierten Zustand ohnehin schon angerichtet haben mochte. Wenn er sofort handelte, würde sein Kontakt zu Iris unbemerkt bleiben. Zumindest hoffte er inständig, dass es so war.

Leider gab es auch noch eine weitaus weniger attraktive Alternative. Michael könnte beschließen, an ihm ein Exempel zu statuieren, als Warnung für die anderen. Und wie er Luzifer kannte, wäre der gewiss nicht abgeneigt, in diesem Fall ausnahmsweise einmal mit seinem alten Weggefährten zusammenzuarbeiten und sich für den Ärger zu revanchieren, den Samjiel ihm in der Vergangenheit bereitet hatte. Die Strafen des Tantalos oder Tityos wären ganz bestimmt eine Wohltat im Vergleich zu dem, was sich der Lichtbringer für Samjiel, mit dem er einstmals sogar befreundet gewesen war, ausdenken würde.

Schon war er aufgesprungen und aus dem Dachfenster gestiegen, um seinen Plan sofort in die Tat umzusetzen, ganz so, wie er es gewohnt war – da erklang eine weiche Stimme hinter ihm: »Sei nicht albern, du kannst fliegen!«

Blitzschnell fuhr er herum und beobachtete für den Augenblick regungslos, wie Iris mit weit ausgebreiteten Armen und für jedermann sichtbar auf dem Dachfirst balancierte. Ihr kurzes Kleid blähte sich im Wind und zeigte mehr von der bunten Haut, als einem Mann bekömmlich sein konnte. »Bist du von allen guten Geistern verlassen?« Mit einem Satz war er bei ihr und nutzte seine Kräfte, um sie beide vor den Blicken der Menschen zu verbergen.

»Warum? Glaubst du wirklich, die Miliz käme, bloß weil jemand anruft und behauptet, Leute trieben sich auf dem Dach herum?«

Nein, das glaubte er nicht. Aber er hielt viel von der Vorschrift, die besagte, Engel sollten sich möglichst unauffällig zwischen den Bewohnern der Erde bewegen. Wäre es nach ihm gegangen, hätten selbst die Schutzengel weniger Befugnisse, sich in die Belange ihrer Protegés einzumischen. Oder in seine!

Er warf dem Schutzengel einen finsteren Blick zu, der erstaunt von einem Balkon zu ihnen hinaufsah, und sprach in dessen Kopf: *Wenn du jemandem hiervon erzählst, bist du Geschichte!*

»Jetzt hast du den armen Kerl erschreckt. Ob das klug war?«

Wie konnte sie seine Handlungen infrage stellen? Ärgerlich wollte er sie zurechtweisen, aber als er sie ansah, verging ihm die Lust darauf, mit ihr zu streiten.

An einen Schornstein gelehnt, blickte seine unmögliche Begleiterin dem Flüchtenden nachdenklich hinterher. »Irgendwo hab ich den schon mal gesehen.«

»Willst du mir etwa weismachen, dass du sie auseinanderhalten kannst?«, fragte Samjiel.

Lachend tanzte Iris über das Dach. Wie ein bunter Schmetterling, der sich keinen Deut darum schert, wohin ihn der Wind treibt, wenn nur Blumen um ihn herum blühen, von denen er zwischendurch ausreichend naschen darf.

»Natürlich. Und du könntest es auch. Vorausgesetzt, du siehst genau hin!« Iris lief auf den Ziegeln entlang, dass es klapperte. Dann schlug sie ein Rad, als gelte die Schwerkraft für sie nicht, und verschwand mit einem Kopfsprung kichernd über die Dachkante.

Er hätte schwören können, dass sie ihm dabei die Zunge herausgestreckt hatte. Gegen ihre Lebensfreude war selbst er nicht immun, und obendrein bekam er Lust, es ihr nachzutun. Ohne weitere Überlegungen öffnete er seine Schwingen, lehnte sich gegen die kräftige Brise, die vom Meer herüberwehte, und folgte ihr, bis sie sich auf einem anderen Haus niederließ.

»Das musst du dir unbedingt ansehen!«

Der Wirbelwind ließ ihm keine Zeit abzuwägen, ob er es riskieren konnte, seine Entscheidung hinauszuzögern.

Als wären sie alte Freunde, schob Iris ihn durch eine Dachbodentür, die sie sorgfältig hinter sich verschloss. Halb flog sie, halb sprang sie die Treppen hinunter, Etage für Etage, zwei oder drei Stufen auf einmal nehmend, leichtfüßig und vollkommen lautlos. Was es auch war, das sie ihm zeigen wollte, es konnte offenbar nicht warten. Vor einer hohen Tür blieb sie stehen, bedeutete ihm näher zu kommen, drückte die Klinke hinunter und sah durch den Spalt. »Oh!«, hörte er sie hauchen, während sie sich weiter vorbeugte.

Der Anblick ihres schmalen Rückens und des elegant geschwungenen Nackens hätte Samjiel beinahe dazu verführt, ein ähnliches Geräusch von sich zu geben. Rasch presste er die Lippen zusammen und lauschte.

Klaviermusik wehte zu ihnen herüber, dazu ein eigenartiges Klopfen. Weil er nun wissen wollte, was sie zu diesem Laut verleitet hatte, stellte er sich hinter Iris, bis er sie fast berührte. Mit einer Hand am Türrahmen, um nicht das Gleichgewicht zu verlieren, beugte er sich vor und versuchte zu erkennen, was auf der Probebühne geschah.

Das Klavierspiel brach ab, jemand schien Instruktionen zu geben. Allzu gnädig klang die Stimme nicht. Samjiel wusste, dass sich der Sprecher auf ihrer Seite des Raums befand – sehen konnte er nur eine ältere Frau und das dunkle Klavier, das sie liebevoll mit einem Tuch polierte. Das Instrument hatte schon bessere Tage erlebt und konnte die Zuwendung durchaus vertragen.

»Es geht weiter.« Der Instrukteur sprach mit einem Zischton, der seinen Worten etwas Nervöses, geradezu Feindliches gab, und darum war es nicht verwunderlich, dass die Musikerin schnell auf ihren Schemel zurückkehrte, kurz verharrte und dann, offenbar auf sein Zeichen hin, zu spielen begann. »Und eins und …! Miljena? Wo bist du mit deinen Gedanken?« Die Pianistin unterbrach sofort, sah auf, nickte und spielte die Passage erneut.

»Und eins und zwei …!«

Auf einmal schwebte ein elfenähnliches Wesen über den abgenutzten Boden. Nur das dumpfe Klopfen ihrer Tanzschuhe bewies, dass die Tänzerin ihn überhaupt berührte. Sie war ein Mensch aus Fleisch und Blut, aber das hätte man angesichts der Leichtigkeit ihres Tanzes nicht glauben mögen. Mit fließenden, zugleich kraftvoll den Raum durchmessenden Sprüngen und Schritten und äußerster Körperbeherrschung wiegte sie sich im Strom der Melodie. Der junge Tänzer an ihrer Seite agierte als kraftvoller Souffleur ihrer Anmut. Gemeinsam zeichneten sie ein Bild kühler Erotik, gleichsam wie ein Pas de deux sich in der Strömung einsamer Fjorde wiegender Wasserpflanzen. Im Gegensatz dazu spürte er die Wärme eines anderen Körpers, die, ohne dass er begriff, was geschah, auf ihn übersprang, bis seine Wangen brannten. Rasch wandte er sich ab, während Iris die Tür leise schloss und ohne sich nach ihm umzudrehen zur Treppe zurückkehrte, als hätte ihre flüchtige Berührung sie ebenso aufgewühlt wie ihn.

Benommen folgte er ihr und fragte sich, warum sie ihn hierhergeführt hatte. Die Tänzerin kannte er. Bei dem Mädchen, das am Nachmittag dem kleinen Taschendieb außerordentlich geschickt zur Flucht verholfen hatte, handelte es sich *tatsächlich* um seinen *Auftrag*, wie die Wächterin ganz richtig vermutete. Und ebenfalls zu Recht nahm sie an, dass er sich nicht für das Leben derjenigen interessierte, die er ins Jenseits beförderte. Und natürlich hielt sie dies für einen unverzeihlichen Fehler.

Was ein Ballett war, wusste er, und ihm war auch bekannt, dass die Menschen es darin zu großer Meisterschaft gebracht hatten, aber mit eigenen Augen gesehen hatte er einen solchen Tanz noch nie. Weshalb sollte er dafür Zeit verschwenden? Dämonen, mit denen er es zumeist zu tun hatte, wenn er sich in dieser Welt bewegte, tanzten nicht, und die einzigen Emotionen, die sie ihrem Henker zeigten, vergifteten die Luft mit Niedertracht und Hass.

Als das Rauschen in seinen Ohren, das mit der unnatürlichen Wärme gekommen war, nachließ, hörte er jemanden singen. Die klaren Töne erklommen scheinbar mühelos schwindelnde Höhen, und doch brach die Sopranistin immer wieder ab, setzte neu an, um sich zu korrigieren. »Nein, nein!« Eine Frauenstimme unterbrach die Übung ungeduldig, erhob die eigene Stimme und macht vor, was sie von ihrer Schülerin erwartete.

Samjiel blieb stehen und lauschte. »Ein Engel?«, fragte er schließlich leise und gab sich gleich selbst die Antwort. »Eine Gefallene. Sie unterrichtet Gesang?«

»Warum nicht? Von irgendwas müssen sie ja leben. Kostenlose Verpflegung gibt es nur bei uns. Weder hier auf der Erde noch im Hades darf man darauf hoffen, eine Brotkrume umsonst zu bekommen.« Die Hände in die Hüften gestemmt, stand Iris vor ihm. In ihren Augen wirbelte ein bunter Sturm, der verriet, wie sehr sie ihn für seine Ignoranz verachtete. Obwohl er kräftiger war als sie und der erfahrenere Krieger, hätte er in diesem Augenblick gern mehr Abstand zwischen sich und die aufgebrachte Wächterin gebracht.

Ändern würde ihr Engagement nichts, obwohl er es zu schätzen wusste, dass sie sich derartig vehement für ihre Überzeugungen einsetzte.

Samjiel fühlte sich unwohl. »Komm schon, es kann nicht ernsthaft wichtig sein, wie die Gefallenen ihr Leben organisieren. Du weißt ebenso wie ich, dass es gute Gründe gibt, warum sie ihren Status verloren haben.« Ohne auf Iris' ärgerliches Zischen einzugehen, fügte er hinzu: »Auch wenn Nephthys etwas anderes behauptet.«

Wie sie da mit geballten Fäusten stand und wie ein flugbereiter Maikäfer tief Luft holte, gefiel sie ihm außerordentlich. Wahrscheinlich war es der sechste Sinn des Kämpfers, dachte er später, der ihn in dieser Situation davon abgehalten hatte, ihr über die Wange zu streichen. Vermutlich hätte sie ihn dafür erdolcht. Er setzte eine undurchsichtige Miene auf.

Das schien sie zu beruhigen. »Du bist ein Dummkopf!«

Nun, vielleicht ist sie immer noch ein klein wenig aufgebracht, mahnte seine innere Stimme, die inzwischen sogar die Kunst der feinen Ironie erlernt hatte.

Nicht zum ersten Mal beschimpfte man Samjiel. Wer vor seinem Henker stand, neigte dazu, kein Blatt mehr vor den Mund zu nehmen. Doch einen *Dummkopf* hatte ihn noch nie jemand genannt, und er wusste nicht, ob er beleidigt reagieren oder lachen sollte. Die Entscheidung wurde ihm jedoch abgenommen, denn hinter ihnen öffneten sich fast gleichzeitig die Türen zur Probebühne der Tänzer und zum Musikzimmer. Bevor man ihre Anwesenheit bemerkte, verließen die beiden Engel eilig das Theater.

»Und jetzt?« Die Hände tief in den Hosentaschen vergraben, die Schultern angespannt, sodass der hochgeschlagene Kragen seiner Jacke das halbe Gesicht verbarg, sah Samjiel sie mit himmelblauen Augen an.

Sollte sie diesen unmöglichen Engel würgen oder küssen? Iris entschied sich für keine der beiden Möglichkeiten und winkte einem herannahenden Taxi. Als abzusehen war, dass der Fahrer, obwohl er sie sehr wohl gesehen hatte, nicht anhalten wollte, sprang sie mitten auf die Fahrbahn. Reifen quietschten, der Wagen schlingerte und rutschte schließlich in hohem Tempo auf sie zu. Im letzten Augenblick stieß Samjiel sie beiseite.

Und wurde selbst überfahren.

Endlich kam das Taxi zum Stehen, und der Fahrer fluchte lästerlich. »Seid ihr wahnsinnig geworden? Verdammte Touristen, in der Hölle sollt ihr schmoren, bis zum Jüngsten Tag!«

»Dieses Schicksal blüht wohl eher dir!«

Iris hatte sich aufgerappelt und beobachtete, wie ein unverletzter Samjiel den Kerl am Kragen packte und schüttelte.

»Deine Bremsen sind kaputt, du gefährdest Menschenleben. Ist dir das eigentlich vollkommen gleichgültig?«

Erstaunlich, dachte sie, *dass er sich über solche Dinge Gedanken macht.*

Noch verwunderlicher fand sie, wie sehr es ihr gefiel, dass er offenbar der Meinung gewesen war, sie retten zu müssen. Normalerweise ärgerte es sie, wenn jemand ihre Fähigkeiten unterschätzte, obwohl dies im Kampf natürlich der entscheidende Vorteil sein konnte. Auch sie verstand sich darauf, sich in ein feinstoffliches Wesen zu verwandeln, dem wenig in dieser Welt wirklich Schaden zufügen konnte. Zugegeben, ein Talent, das nicht viele Engel in solcher Vollendung besaßen, wie Samjiel es soeben demonstriert hatte. Im Augenblick wirkte er allerdings ausgesprochen real, wenn man einmal von den Augen absah, deren unheilvolles Glühen ahnen ließ, wie nahe sich himmlische und höllische Geschöpfe im Grunde doch waren.

Dem Taxifahrer schien dies noch nicht aufgefallen zu sein. Ungeachtet seiner etwas unglücklichen Situation – die Füße baumelten etwa zehn Zentimeter über dem brüchigen Asphalt – spuckte er aus und entließ eine beachtliche Anzahl kreativer Flüche in die Welt.

»Sieh mich an!« Samjiels Ton erlaubte keinen Widerspruch.

Was auch immer der Sterbliche hatte antworten wollen, es blieb ungesagt. Er wimmerte. »Heilige Muttergottes, verschone mich!« Er bemühte eine ganze Reihe von Heiligen, die ihm aus naheliegenden Gründen jedoch nicht zur Hilfe eilten. Selbst wenn sie ihn gehört hätten, wäre wohl kaum einer wahnsinnig genug, sich mit einem General himmlischer Heerscharen anzulegen, dem sein Ärger deutlich anzusehen war. Was genau genommen schon einem Wunder nahekam, aber das ahnte der Mann natürlich nicht.

Wie ausgeprägt war Samjiels Gefühlsleben mittlerweile wirklich? Es fiel ihr schwer, zwischen den antrainierten Signalen, die er aussandte, und seinen wahren Empfindungen zu unterscheiden. Obwohl ihm die Hartnäckigkeit, mit der sie ihre Ziele verfolgte, mittlerweile ganz bestimmt auf die Nerven ging, ließ er sich weiter auf sie ein.

Iris hatte nicht vergessen, warum er sie fortgeschickt hatte. Er wollte sie schützen.

Bemüht zu verbergen, wie sehr sie diese Fürsorge berührte, stieg sie kommentarlos ein, als er ihr die Autotür aufhielt, und freute sich darüber, wie entschlossen er den Fahrer hinter das Lenkrad schob und sich anschließend neben sie setzte. Den inzwischen angemessen verängstigten Mann ließ er dabei keine Sekunde unbeobachtet.

Ein echter Krieger eben! Ich bin entzückt, jubelte die Versuchung, und Iris stimmte ihr ausnahmsweise einmal zu. Auch wenn ein Teil von ihr immer noch genau wusste, dass solche Empfindungen gefährlich waren, genoss sie die Illusion, die ihr vorgaukelte, in seiner Nähe sicher und behütet zu sein.

»Wohin wolltest du?« Samjiels höflich klingende Stimme verbarg nun wieder alle Gefühle.

Aus war es mit dem Traum. Iris nannte eine Adresse, und der Fahrer gab Vollgas.

Nachdem seine rasante Kurventechnik sie bereits zum dritten Mal gegen Samjiel geschleudert hatte, murmelte sie: »Man könnte glauben, ihm sitzt ein Dämon im Nacken.«

Vielleicht lag es an der warmen Hand ihres Mitpassagiers, die etwas länger auf ihrem Arm lag, als notwendig gewesen wäre, um sie wieder in eine aufrechte Position zu bringen, dass sie seine gemurmelte Antwort nicht sofort verstand: »Nicht ohne Grund.«

Sie musste sich verhört haben. Er konnte doch nicht ernsthaft vorhaben, mit der Unterwelt einen Pakt einzugehen. Andererseits verkehrte er in einschlägigen Kreisen, das hatte sie ja selbst gesehen. Nein, das konnte nicht sein!

Sie weigerte sich einfach, diesen Gedanken weiterzuverfolgen.

»Sieh nach vorn, Mann!« Samjiel hatte seine Stimme kaum erhoben, doch der Fahrer gehorchte sofort. Er hatte sie während der gesamten Fahrt beobachtet, und auch jetzt sah er immer wieder in den Rückspiegel, als wollte er sich vergewissern, dass normale Menschen und kein ganzes Rudel Wölfe in seinem Font saßen.

»Keine Sorge, die rasen hier alle so.« Iris betrachtete den fließenden Verkehr, und wie aufs Stichwort machte das vor ihnen fahrende Auto einen plötzlichen Schlenker. Als sie gleich darauf durch ein tiefes Schlagloch rumpelten und Samjiel sich bestimmt den Kopf angeschlagen hätte, wäre er nicht geistesgegenwärtig genug gewesen, ihn einzuziehen, wurde auch deutlich, warum sich niemand um Fahrspuren scherte, die zumeist ohnehin nicht eingezeichnet waren. Niemand legte es darauf an, sich bei einer einfachen Stadtfahrt einen Achsenbruch zuzuziehen.

Samjiel brummte etwas, das wie »ich weiß« klang, gleich darauf sog er scharf die Luft ein. »Wo sind diese dämlichen Schutzengel, wenn man sie braucht?« Er zeigte auf die vor ihnen liegende Kreuzung, auf die der Fahrer mit unverminderter Geschwindigkeit zuraste.

»Keine Panik, du hast ja mich!« Ihre Finger krallten sich in die Lehne des Beifahrersitzes, und nicht etwa deshalb, weil ihr Fahrer im Zickzack durch den Querverkehr navigierte, der zweifellos Grün hatte. Auch der Beinahe-Zusammenstoß mit einem Motorrad ließ sie vergleichsweise ruhig. Sie spürte Samjiels Blick auf sich ruhen und konnte nur hoffen, dass er die falschen Schlüsse zog.

Iris hätte sich ohrfeigen können. Wie kam sie dazu,

eines ihrer größten Geheimnisse auszuplaudern? Offenbar fühlte sie sich etwas zu wohl in seiner Gesellschaft und begann alle Vorsicht zu vergessen. Natürlich war sie kein normaler Schutzengel, aber sie gehörte zu einer kleinen Gruppe von Wächtern, deren Aufgabe es war, sich um ihresgleichen zu kümmern. Und das möglichst bevor diese in Schwierigkeiten gerieten. Samjiel passte zweifellos in ihre Jobbeschreibung, aber er war gewiss der Letzte, der erfahren sollte, was ihr *Job* war.

Obwohl er nicht weiter auf ihre Bemerkung einging, was bestimmt auch daran lag, dass sie immer noch in diesem verdammten Taxi saßen, war sich Iris sicher, dass er ihren Ausrutscher nicht auf sich beruhen lassen würde.

Endlich hatten sie ihr Ziel erreicht. Der Fahrer sprang aus dem Wagen und riss ihre Tür auf, als wollte er sie hinauszerren. Stattdessen verbeugte er sich ungelenk und lehnte sogar das Geld ab, das Samjiel ihm reichte. Der zuckte nur mit den Schultern und drehte sich um.

Als Iris ihm folgte, hielt der Mann sie am Arm fest. »Pass gut auf dich auf! Der Kerl ist kein Umgang für ein junges Mädchen!«

»So ist es.« Sie schüttelte seine Hand ab und folgte Samjiel, der am Ufer der Newa stand und zur *Petropawlowskaja Krepost*, der Peter-und-Paul-Festung, hinüberblickte.

Kurz bevor sie ihn erreichte, drehte er sich um. »Und nun?« Seine Stimme klang müde.

»Es ist schön hier, nicht wahr?« Sie stellte sich neben ihn und kniff die Augen zusammen, als könnte sie so besser sehen. Hinter ihnen reihten sich prachtvolle Gebäude, vor ihnen war der Fluss rege befahren, obwohl es noch nicht Zeit war, die Brücken hochzuziehen, um den größeren

Transportschiffen Durchfahrt zu gewähren. Stolze Binnenkapitäne lenkten ihre weißen Boote, in der Ferne glitten die Masten eines Segelschiffs vorüber, und von links näherte sich eine flache Barkasse, die Touristen von einem Tagesausflug durch die Kanäle und über den Fluss zurückbrachte.

Nachher konnte Iris nicht mehr sagen, wie lange sie dagestanden und über das Wasser gesehen hatten. Schulter an Schulter, den Blick in entgegengesetzte Richtungen gerichtet. Erst mit gebührendem Abstand, irgendwann aneinander gelehnt, Halt suchend und gleichsam wortlos. Die Berührung ihrer Körper und Seelen tröstlich und wagemutig zugleich.

»Lass uns …« Ihre Stimme klang eigenartig unbenutzt, und sie räusperte sich. »Siehst du das Schiff dort drüben? Darin befindet sich ein netter Club. Lass uns hinübergehen und etwas trinken.« Nur kurz sah sie dabei auf seine Hände. Obwohl er wahrscheinlich ahnte, dass Iris das leichte Zittern nicht entgangen war, steckte er sie tief in seine Hosentaschen und murmelte etwas Zustimmendes.

Am Anleger angekommen, begleitete er sie aufmerksam über die schwankende Gangway zum Schiff, öffnete die Tür und ging dann voran. Der vollendete Gentleman. Nur seine Haltung verriet den Soldaten in ihm. Sie wurden ausgesucht höflich begrüßt und zu einem Tisch am Fenster begleitet, von dem aus sie einen wunderbaren Blick auf die Newa und das in hellviolettes Licht getauchte Ufer hatten.

Iris bestellte Wein, und als sich der Kellner zurückzog, hob sie ihr Glas. »Auf den edlen Ritter, der mich auf dem Schlachtfeld der Straße gerettet hat!« Ernsthafter fügte sie hinzu: »Danke.« Die höfliche Floskel »Das wäre nicht nötig gewesen« verschluckte sie gerade noch rechtzeitig.

Nachdem sie einen kleinen Schluck getrunken hatte, wies sie auf sein geleertes Glas. »Du verwechselst da etwas. Es heißt zwar, dass man Champagner *kippen* und nicht *nippen* soll. Bei Wein, zumal einem wie diesem, verhält es sich aber genau andersherum.«

»Wirklich? Und wer sagt das?« Samjiel füllte sein Glas bis zum Rand, prostete ihr mit einer ironischen Verbeugung zu und leerte auch dieses in einem Zug. Danach lehnte er sich mit vor dem flachen Bauch verschränkten Händen zurück.

Vom Nebentisch war ein erstickter Laut zu hören, eine Frauenstimme verlieh ihrer Empörung in gezischtem Italienisch recht deutlich Ausdruck.

Der exklusive Club stand in dem Ruf, nur handverlesene Gäste zuzulassen. Dazu gehörten zweifellos Touristen, die sich die Preise leisten konnten, und natürlich wohlhabende Russen. Iris bezweifelte, dass die einheimische Klientel immer großen Wert auf Etikette legte, aber an diesem Abend saßen nur ausländische Gäste in ihren ledernen Sesseln und genossen das Gefühl, etwas Besonderes zu erleben. Da war ein Banause, als der sich Samjiel ihnen zweifellos offenbart hatte, natürlich nicht willkommen. Obwohl sie ahnte, dass nicht der Wunsch zu provozieren, sondern seine offenkundige Unfähigkeit, maßvoll mit Alkohol umzugehen, an dem einigermaßen schockierenden Verhalten schuld war, setzte sie sich auf, nahm die Schultern zurück, öffnete die Knöpfe und streifte das Jäckchen ab, das ihrem luftigen Kleid ein elegantes Aussehen verliehen hatte. Zum Vorschein kam, vom zarten Stoff und den fadendünnen Trägern kaum verdeckt, die ganze Pracht ihrer Tätowierungen. Ein kollektives Raunen erhob sich, der Kellner war sofort zur Stelle. »Madame …«

Iris zog ein schwarzes Kärtchen aus der Tasche und drückte es ihm in die Hand. »Wir hätten davon gern noch eine Flasche, dazu Speyside Wasser und etwas Fingerfood, vegetarisch, wenn es nicht zu viele Umstände macht.«

»Sehr wohl!« Wenig später wurde ihnen eine Auswahl erlesener Leckereien »mit den besten Wünschen des Hauses« serviert. Die Unruhe legte sich allmählich.

»Wahrscheinlich halten sie uns für Rockstars.« Iris lachte leise. »Das heißt, du kannst jetzt saufen, so viel du willst.«

Samjiel, der im Begriff gewesen war, sein Glas erneut zu füllen, erstarrte. »Du glaubst, ich habe hiermit ein Problem?« Behutsam stellte er die Flasche zurück.

»Sagen wir mal so: Bevor du im Gateway fast vom Stuhl gekippt bist, habe ich noch nie einen derart betrunkenen Engel gesehen.«

»Also das …«, setzte er zu einer Erklärung an.

Iris hob die Hand. »… geht mich nichts an. Lass uns über etwas anderes sprechen.« Sie sah ihm direkt in die Augen. »Vorhin auf dem Dachfirst, da kamst du mir wie jemand vor, der einen endgültigen Entschluss gefasst hat. Nun sitzt du hier und trinkst.«

Ohne zu blinzeln, erwiderte er ihren Blick. »Das, liebe Wächterin, geht dich *wirklich* nichts an.«

Mit einem Ruck stand sie auf. »Wenn das so ist, dann wäre wohl alles gesagt.«

Bevor sie davonstürmen konnte, hatte er sich über den Tisch gebeugt und hielt sie am Arm fest. »Bleib!«

Was wie ein Befehl klingen sollte, kam Iris eher wie eine

Bitte vor. Sie unterdrückte ein Lächeln und setzte sich, ohne den Blickkontakt auch nur für den Bruchteil einer Sekunde zu unterbrechen. Seine Hand glitt über ihren bloßen Arm. Vom Umgang mit dem Schwert fühlten sich die Finger rau an, die Berührung aber war leicht, gleichsam, als wollte er ihr damit sagen, dass sie den Kontakt jederzeit abbrechen könnte – auch wenn sie in seinem Gesicht zu lesen glaubte, dass er sich etwas anderes wünschte. Gebannt vom Anblick zahlloser Strudel in den nachtblauen Augen, die sie mit sich in die Tiefe einer Unendlichkeit zu reißen drohten, vergaß sie alles um sich herum. Es gab nur noch die magische Energie, die sich zwischen ihnen ausbreitete wie ein nicht mehr zu kontrollierender Flächenbrand. Ihr Feuer, genährt von einer ewigen Quelle, erwachte, und als wittere es sein Pendant in dem anderen, versuchte es, sich mit ihm zu vereinen.

»Iris, hör auf!«

Samjiels Stimme holte sie in die Realität zurück. Hastig, als hätte sie sich verbrannt, entzog sie ihm den Arm. Erschüttert ließ sie sich in den Sessel zurückfallen und griff nach ihrem Glas. Den dünnen Stiel zwischen den Fingern drehend, hielt sie es gegen das Licht, und dann, als wäre nichts gewesen, trank sie einen Schluck. Die dunkle Flüssigkeit nahm alles Feuer mit sich, doch das exzellente Getränk hinterließ nur den Geschmack bitterer Sägespäne in ihrem Mund. Und so klang auch ihre Stimme, als sie endlich sagte: »Ich war das nicht, Sam.«

Er fuhr sich mit beiden Händen durch das Haar, und sie konnte die Spuren sehen, die seine Finger darin hinterlassen hatten. Finger, die eben noch durch eine bloße Berührung ihr Feuer geweckt hatten. Kaum war der Gedanke aufgeflattert, hob das Engelsfeuer, dieses unberechenbare Wesen in ihrem Körper, erneut den Kopf, als wollte es fragen: *Hast du mich gerufen?*

Doch Iris war nun vorgewarnt und zu erfahren, um ihm seinen Willen ein weiteres Mal zu lassen. So zog es sich zurück – allerdings nicht ohne ein geflüstertes Versprechen: *Ich bin da, wenn du mich rufst!*

Samjiel schien ebenfalls im Dialog mit den in seinem Inneren tobenden Mächten zu sein – die Schatten, die dabei seine Züge verdunkelten, gaben ihm etwas Dämonisches. Schließlich fand er zu seiner glatten Fassade zurück und sah auf. »Was war das?« Nur die Präzision, mit der er diese drei Worte aussprach, verriet, dass er angespannter war, als er vorgab.

»Das, mein lieber *General*, war die Versuchung, …«

»… der wir beinahe erlegen wären«, ergänzte er ihre unausgesprochenen Worte. Nach dieser bedeutungsschweren Bemerkung versank er in Schweigen.

Während sie ihn beobachtete, beglückwünschte sie sich selbst zur Wahl dieses Ortes. Hier auf dem Wasser war die Energie weniger aktiv, und eine tief in Samjiel verwurzelte Disziplin hatte darüber hinaus das Schlimmste verhindert. Von den anderen Gästen hatte ohnehin niemand bemerkt, was mit ihnen geschehen war.

Trotz allem hatte er die Szene komplett abgeschirmt. Sie selbst besaß diese Disziplin nicht immer und war dafür mehr als einmal von Nephthys getadelt worden. Wäre ihre Chefin allerdings Zeugin der letzten Minuten geworden, hätte sie Iris sofort zurückbeordert. Von dem, was ihnen soeben widerfahren war, hatte nichts in ihrem Auftrag gestanden.

Die Liste der Gefühle, die sie an Samjiel beobachtete, wuchs. Verwundert war er mehr als einmal gewesen, der Taxifahrer hatte seinen Ärger zu spüren bekommen, und vorhin, auf dem Dach, glaubte sie eine große Traurigkeit in ihm gelesen zu haben. Ob er sich wirklich hatte stellen wollen? Vielleicht. Die Unterwelt war voll von gefallenen Engeln aus dem Heer der Gerechten. Nicht auszudenken, was mit dem sensiblen Gleichgewicht von Licht und Schatten geschehen würde, sollte sich jemand wie der General auf die dunkle Seite schlagen. Er, das wusste sie aus berufener Quelle, besaß ein Herz – was das Ungluck, ihn an Luzifer zu verlieren, nur noch größer machen würde.

»Ein Stern für deine Gedanken!« Aufmerksam betrachtete er sie.

Vermutlich tut er das schon eine ganze Weile, dachte Iris. »Einen Stern? Schade, den kann ich gerade gar nicht gebrauchen.« Doch gleich darauf verschlug es ihr die Sprache. »Wow!« war alles, was sie beim Anblick des funkelnden Lichts sagen konnte, das er ihr ganz plötzlich wie einen exquisiten Brillanten in der offenen Handfläche präsentierte.

»Bist du sicher, dass du diesen hier nicht gebrauchen kannst?«

»Wie hast du das gemacht?« Zögernd streckte sie die Hand aus. Wie erwartet verstand er sich darauf, das Feuer, das allen Engeln innewohnte, nach seinem Willen zu formen. In dieser Vollkommenheit aber hatte sie diese Fähigkeit selten zuvor gesehen. Feuerbälle, die tödlichen Waffen, mit denen sie Dämonen und gefallene Engel, die sich dem Bösen verschrieben hatten, bekämpften, die konnten alle Krieger zum Tanzen bringen. Aber dies hier war einfach fantastisch.

Mit einer Handbewegung, die jedem Taschenspieler zur Ehre gereicht hätte, ließ er den winzigen Stern verschwinden. »Vielleicht zeige ich es dir ein andermal.«

Eitelkeit! Die Liste wuchs, und nicht alles, was sie darauf notierte, gefiel ihr gleichermaßen. »Dann willst du mir stattdessen vielleicht lieber verraten, warum du ausgerechnet in dieser Stadt bist?«

»Die Weißen Nächte?«, bot er schmunzelnd an und wurde sofort danach ernst. »Wenn ich es dir erzähle, versprichst du mir etwas?«

»Was?« Die Hoffnung, endlich mehr zu erfahren, hatte sie voreilig antworten lassen.

Über den Tisch hinweg griff Samjiel nach ihrer Hand, zögerte aber, sie zu berühren, und zog seine Finger so hastig weg, als habe er sich verbrannt. »Versprich, dass du dich nicht einmischst.«

»Das kann ich nicht.«

Lange sah er sie schweigend an. »Vermutlich hast du recht. Es wäre zu viel verlangt von einer Wächterin wie dir.«

»Was meinst du mit *wie dir*? Keiner der Vigilien sähe tatenlos zu, wenn ein Unschuldiger getötet wird.«

Es war ihm erneut gelungen, sie gegen sich aufzubringen, und jetzt grinste er auch noch, was ihn zu allem Überfluss unverschämt anziehend machte.

Iris riss sich zusammen. Nur weil dieser *Selbstgerechte* seine wiederentdeckten Gefühle nicht kontrollierte, musste sie sich nicht von ihren eigenen Empfindungen zu unüberlegten Reaktionen verleiten lassen!

»Also?«, fragte sie schärfer als beabsichtigt.

»Ich meine …«, begann er so sanft, dass ihr Zweifel kamen, ob er wirklich zum Spielball der Gefühle geworden war, die ihn plagten. Womöglich wusste er genau, was er tat, und führte sie nur an der Nase herum. Samjiel schüttelte den Kopf. »Ich meine, dass du eine ausgesprochen spezielle Vigilie bist.«

»Flirtest du mit mir?«

»Nein.« Seine Miene zeigte kurz Verwirrung, dann hellte sie sich auf. »Würde dir das gefallen?«

»Lass den Unfug!« Aber sie lächelte über sich selbst. Einem Flirt mit diesem brandgefährlichen Engel wäre sie in der Tat nicht abgeneigt. Das Spiel mit dem Feuer hatte schon immer zu ihren Lieblingsbeschäftigungen gehört. Doch ihr persönliches Vergnügen musste leider zurückstehen. Viel wichtiger war es, herauszufinden, was er mit seiner Bemerkung gemeint hatte.

Des Rätsels Lösung ließ nicht lange auf sich warten. »Du bist ein Schutzengel, stimmt's?«

Verd…! Woher wusste er das? »Sehe ich danach aus?«, gab sie schnippisch zurück.

»Nein, wirklich nicht.« Jetzt lachte er sie aus, und in ihrer Verwirrung hätte sie beinahe überhört, was er leise hinzufügte: »Zum Glück.«

Natürlich flirtet er mit dir, mahnte eine innere Stimme.

Dem General eilte zwar nicht gerade der Ruf voraus, ein Charmeur zu sein, aber wie ging dieses Sprichwort noch gleich? *Im Krieg und in der Liebe ist alles erlaubt.* Von Liebe war hier zwar keine Rede, doch dieser Krieger hatte mehr als eine Schlacht erfolgreich geschlagen, und der Posten war ihm gewiss nicht wegen seiner himmelblauen Augen übertragen worden. Er hatte Äonen Zeit gehabt, es im Fach Manipulation zu großer Meisterschaft zu bringen, und sie tat gut daran, dies nicht zu vergessen. Also versuchte sie das eigenartige Herzklopfen zu ignorieren, das seine letzte Bemerkung bei ihr ausgelöst hatte. Das strahlende Lächeln, mit dem sie ihm antwortete, fiel ihr nicht schwer. »Du willst doch nicht etwa sagen, dass es mir an dieser zauberhaften«, dabei spitzte sie die Lippen und flötete die nächsten Worte, »und ätherischen Aura mangelt?«

»Doch, das will ich. Und ...«, fügte er hinzu, als habe sein Tonfall dies noch nicht ausreichend deutlich gemacht, »... ich würde nicht mit dir hier sitzen, wenn es anders wäre.«

»Ich muss schon sagen, deine Komplimente sind außerordentlich raffiniert!« Als sich seine Miene daraufhin verfinsterte, fürchtete sie, zu weit gegangen zu sein und ihn beleidigt zu haben. Fragend sah sie ihn an.

»Raffiniert ist genau das, was ich nicht bin«, sagte er schließlich zögerlich, aber mit großer Ernsthaftigkeit.

Geneigt, ihm zu glauben, fand sie die möglicherweise einzig richtige Antwort. »Gut. Dann sehe ich große Chancen, dass wir die *Situation* vernünftig regeln werden.« Insgeheim fasste sie sich an den Kopf. *Ging es noch unverbindlicher?* Ihm war es hoch anzurechnen, fand Iris, dass er nicht näher darauf einging. »Gut, dann frage ich dich geradeheraus: Wer ist dein Job – und warum hast du ihn nicht schon längst erledigt?« Wichtig war selbstverständlich nur der zweite Teil ihrer Frage, die Antwort auf den ersten kannte sie längst. *Reiß dich zusammen!* Wieder störte sein feines Lächeln ihre Konzentration.

»Hätte ich ihn *erledigt*, wärst du sicher nicht erfreut.«

»Oh, lass die Wortklaubereien.«

»Meinetwegen. Wenn du mir von *deinem* Auftrag erzählst …« Er ließ den Satz in der Luft hängen, offensichtlich überzeugt, dass sie ihr Geheimnis nicht preisgeben würde.

Mit gleichgültiger Miene sagte sie: »Ich soll einen Typen beobachten, der in Schwierigkeiten geraten ist. Das Übliche eben.« Erfreut bemerkte sie, dass ihre Überraschung gelungen war. So gelungen sogar, dass er nicht weiter nachfragte und auf ihr »Jetzt du!« tatsächlich antwortete.

»Du weißt doch, wer mich besonders interessiert.«

Für einen kurzen euphorischen Augenblick genoss Iris die Vorstellung, er könnte sie meinen. Sie ließ den Wein in ihrem Glas kreisen, nahm einen Schluck und zeigte ihr bestes Mona-Lisa-Lächeln. »Aber warum?«

»Ach, bitte! Jetzt enttäuschst du mich aber.«

»Miljena ist ein ordentliches Mädchen, eine talentierte Tänzerin, sie hat eine große Karriere vor sich«, zählte Iris an ihren Finger ab. »Habe ich etwas übersehen? Gut, sie beschützt kleine, ungewaschene Taschendiebe. Seit wann kümmert sich die Garde der Gerechten um solche Lappalien?«

»Jeder von ihnen ist wichtig, auch der Junge.«

»Damit bin ich absolut d'accord! Warum also dieser Hass?«

»Kein Hass. Eine Notwendigkeit. Sie sind Bastarde, die ihre Talente missbrauchen. Es sind *unsere* Gaben, die sie in sich tragen.« Samjiel beugte sich weiter vor. »Für diese Welt war das niemals vorgesehen.«

»Was macht dich da so sicher?« Auch ihre Stimme hatte etwas von ihrer trügerischen Sanftheit verloren.

»Es hätte niemals geschehen dürfen! Damals nicht, und

nachdem wir wissen, was sie unter den Menschen angerichtet haben, heute noch viel weniger.«

»Ihr könnt das Rad nicht mit Feuer zurückdrehen. Und dieses Mädchen – was hat sie getan, um deinen Zorn zu wecken? Du kannst sie doch unmöglich nur deshalb töten wollen, weil sie anders ist als die anderen.« Da war sie wieder, die alte Auseinandersetzung zwischen den Wächtern mit ihrer Herrin Nephthys und den Gerechten, mit Michael an der Spitze, den selbst die Menschen für nahezu unfehlbar hielten. Iris glaubte nicht, dass er es war, und sie hoffte, dass auch Samjiel Zweifel gekommen waren, an diesem sinnlosen Töten von gefallenen Engeln und ihren Nachkommen. »Versteh' doch, ich will nicht streiten. Hast du dich schon gefragt, warum heute mehr Engel denn je verstoßen werden?«

Samjiel lehnte sich zurück. Mit verschränkten Armen fragte er: »Warum?«

War das nun Kapitulation oder Widerspenstigkeit? Ginge es nach seiner Frisur, konnte es nur Letzteres sein. Die Haare standen ihm in alle Richtungen vom Kopf ab, weil er während ihres Gesprächs unentwegt mit den Fingern durch sie hindurchgefahren war. Iris stellte sich vor, wie es wäre, die Hände in der blonden Mähne zu vergraben. Sie zöge ihn zu sich heran, bis sein Atem ihre Haut streifte und sie die Wärme seines Körpers spürte.

»Iris?«

»Oh! Wo waren wir?« Na klar, ausgerechnet jetzt musste ihre lebhafte Fantasie ihr einen Streich spielen. Was hatte sie sagen wollen? *Ach ja.* »Diese Engel werden verstoßen, weil sie den Gehorsam verweigern. Und warum tun sie das?« Sie wartete nicht darauf, dass er ihr eine seiner Standardantworten gab, und tippte sich an die Stirn. »Weil sie begonnen haben zu denken! Zusammen mit den verloren geglaubten Gefühlen ist auch ihre Fähigkeit gewachsen, die Dinge aus verschiedenen Blickwinkeln zu sehen, und sie haben ein gewisses Einfühlungsvermögen entwickelt. Wenn du erst einmal siehst, was und wie dein Gegenüber fühlt, kannst du dir ein differenzierteres Bild von ihm machen.« Als der erwartete Widerspruch ausblieb, sagte sie: »Aber das weißt du längst selbst, habe ich recht?«

Jemand räusperte sich, und sie fuhr herum. Der Kellner war mit einem kleinen Tablett in der Hand an den Tisch getreten, um die Rechnung zu präsentieren. »Wir schließen in einer halben Stunde. Dürfte ich mir erlauben …«

»Natürlich!«, unterbrach Iris ihn, nahm die in Leder gebundene Mappe entgegen und nickte.

Zu verbergen, wie sehr sie sich über die Störung ärgerte, fiel ihr nicht leicht. Samjiel war nahe dran gewesen, ihr das Herz auszuschütten. Und nun musste sie womöglich noch einmal ganz von vorne beginnen. *Es ist zum Heulen!*

Der Kellner schien trotz ihres Bemühens zu spüren, dass er störte. Womöglich lag es aber doch nur an dem hohen Anspruch an gutem Service, den man hier pflegte – jedenfalls verschwand er ebenso lautlos, wie er gekommen war.

Iris schlug die Ledermappe auf und stieß einen leisen Pfiff aus.

Samjiel konnte die Zahlen offenbar lesen. Er schluckte. »Ich …«, begann er.

»Kein Thema, das geht auf mich.« Natürlich war ihr bekannt, wie knapp Michael seine Leute hielt, und sie hatte ohnehin nicht damit gerechnet, dass er sie einladen würde.

Bei Unsterblichen wie ihm wusste man aber nie, in welcher Epoche sie ihre Umgangsformen zuletzt aktualisiert hatten, und deshalb hielt sie es für angebracht, ihn nicht womöglich in seiner männlichen Ehre zu verletzen. Dass Frauen ihre Rechnungen selbst beglichen, war schließlich noch nicht besonders lange und auch keineswegs überall üblich. Ebenso wenig wie ihre Besuche in Luxus-Restaurants. Normalerweise boten ihre Aufträge wenig Gelegenheit dazu, deshalb genoss sie es, eine Carte Blanche von Nephthys erhalten zu haben. *Was immer es kostet – du musst eine Lösung finden!*, hatte diese verlangt. Und genau das versuchte Iris nun auch.

»Hättest du ein paar Rubel für das Trinkgeld übrig? Mit Bargeld bin ich gerade nicht flüssig.« Sie unterzeichnete den Beleg und tauschte die Scheine, die er ihr reichte, gegen ihre Kreditkarte aus, die sie nachlässig in der Tasche verschwinden ließ, wo auch eine Rolle Geldscheine steckte. Dabei machte sie sich mehr Gedanken über diese Schwindelei als über eine mögliche Gefahr, beraubt oder übers Ohr gehauen zu werden. Denn ein Mensch, der es darauf anlegte, den Himmel zu betrügen – so viel stand fest –, zahlte am Ende immer drauf.

Tief über den Häusern und Palästen hingen dunkle Wolken, und der Regen schlug in den zahllosen Pfützen dicke Blasen. Der lichte Zauber, der dieser einzigartigen Stadt ein sanftes Strahlen verlieh, war erloschen. Aus den Gesichtern der Menschen, die ihr jetzt noch begegneten, war das Lächeln wie fortgewaschen. Die letzten Bahnen fuhren in diesem Moment in ihre Depots am Stadtrand ein, wo sich eine Armada müder Putzleute daranmachte, sie für den nächsten Tag zu reinigen. Und wer auf einer der Inseln wohnte, dem war während der nächsten Stunden sogar der Heimweg abgeschnitten.

Die Lichter der hochgeklappten Brücken glitzerten im dichter werdenden Regen, der, vom Wind landeinwärts getrieben, die plötzlich Heimatlosen bis auf die Haut durchnässte, weil am Nachmittag niemand mit dem abrupten Ende des fröhlichen Sommertraums Weißer Nächte gerechnet hatte.

Miljena hatte geduldig darauf gewartet, dass die beiden Engel endlich aus dem Restaurant kamen. Mit schmalen Augen beobachtete sie, wie der blonde Engel, der ihr schon seit Wochen folgte, ohne etwas zu unternehmen, schützend seinen Mantel um die Schultern der jungen Frau legte. In diesem Lokal verkehrte der Präsident, wenn er in der Stadt weilte, und Theaterleute hatten darüber geredet, was ein einziger Teller Suppe kostete: mehr, als ihre Mutter in einem guten Monat nach Hause brachte. Und diese *Engel* wollten sich anmaßen, sie und ihresgleichen zu verurteilen?

Mama ist tausendmal mehr wert als eine einzige Feder an ihren Schwingen! Miljena ballte die regennassen Hände zu Fäusten. Wie gern hätte sie selbst Flügel besessen.

Es geschah nicht oft, dass sich himmlische Bewohner ineinander verliebten, und wenn es doch geschah, dann trugen diese Verbindungen keine Früchte. Die verstoßenen Eltern jedenfalls konnten sich nicht an einen solchen Fall erinnern und hatten alles versucht, um Miljenas Geburt geheim zu halten.

Trotz aller Gefahren erlaubte der Vater ihr, ihrer Leidenschaft, dem Tanz, nachzugehen. Zuerst in Dublin. Doch dort wurden sie enttarnt. In Hamburg fühlte sich die kleine Familie wohl. Die begabten Heiler retteten als Ärzte zahllose Menschenleben, doch eines Tages kehrte ihr Vater nicht nach Hause zurück. Sein spurloses Verschwinden führte zu Spekulationen unter den wenigen Freunden und in der Klinik. Aber selbst ohne das Getuschel wären Mutter und Tochter fortgegangen, denn nun waren auch sie nicht mehr sicher. Ein Freund aus dem Netzwerk, dem inzwischen viele Gefallene angehörten, verschaffte ihnen Papiere, und sie flohen nach Sankt Petersburg.

Doch hier gestaltete sich der Neuanfang schwierig. Ihre Mutter litt unter dem Verlust ihres geliebten Gefährten, und bezahlte Arbeit war rar. Mit ihren Kräften war sie bald am Ende, und wäre Miljena nicht gewesen, sie hätte sich den Gerechten längst selbst ausgeliefert. Dennoch versuchte sie so gut es ging, sie beide durchzubringen, zahlte sogar die Tanzausbildung, half, wo sie konnte, und sehnte den Tag herbei, an dem ihre Tochter alt genug sein würde, um selbst für sich zu sorgen. Das war Miljena längst, doch sie ängstigte sich vor dem Alleinsein und behielt für sich, was ihre Mutter ohnehin nur verstören würde. Hätte jemand in diesem Moment in ihr Herz geblickt, er hätte außer Furcht kein Gefühl darin entdecken können.

Warum fliegen sie nicht?, fragte sie sich, während sie dem Paar nachging. Nur weil die beiden vorhin ein Taxi genommen hatten, war es ihr überhaupt möglich gewesen, ihnen bis hierher zu folgen. Wie ein Geheimagent war sie sich vorgekommen, als sie das nächste Taxi mit den Worten »Folgen Sie dem Wagen, aber unauffällig!« bestiegen hatte. Zum Glück war der Fahrer jung und gehörte nicht zu den Halsabschneidern, die man hier in diesem Gewerbe oft antraf. Bereitwillig, vielleicht sogar etwas aufgeregt, war er hinter dem Kollegen hergefahren. Das Bündel Rubel, mit dem Miljena gewinkt hatte, war sicherlich auch nicht vollkommen unschuldig an seinem Eifer gewesen.

Der blonde Engel war nicht der Erste. Sie verstand nur nicht, warum er sich mit seinem Angriff derartig viel Zeit ließ. Die anderen waren einfach aus dem Nichts aufgetaucht und hatten ihr Schwert gezogen. Miljenas Mundwinkel zuckten, als sie an die überraschten Gesichter der Attentäter dachte, sobald sie feststellten, dass ihr Opfer nicht vollkommen wehrlos war.

Dieser aber verfolgte eine undurchsichtige Strategie, und nun hatte er sich auch noch Unterstützung geholt. Unter anderen Umständen hätte sie seine Gefährtin vielleicht mögen können. Sie hatte etwas Wildes an sich, mit ihren Tätowierungen und den vielen Piercings. Solche Leute sah man nicht häufig in dieser Stadt. Ihre Mutter hätte bestimmt einen Schock erlitten, hätte sie sich tätowieren lassen, und Miljena gefielen die bunten Bilder.

Doch auch diesen beiden Jägern würde Diana, diese wunderbare Göttin der Jagd, deren Rolle Miljena in der kommenden Aufführung von *Sylvia* zu tanzen hoffte, nicht hold sein.

»Wenn du nur fest an deinen Traum glaubst, dann wird er eines Tages wahr«, hatte ihr Vater immer gesagt. War sein Wunschtraum in Erfüllung gegangen? *Nein.*

Miljena träumte in letzter Zeit oft von Engeln. Einer

war dieser blonde Adonis, dessen Name sie nicht kannte. Der andere nannte sich zwar Quaid, aber er sah ihrem Vater zum Verwechseln ähnlich und hatte ihr nicht nur versprochen, sie zu beschützen, sondern ihr auch immer wieder nützliche Tipps gegeben.

Vollkommen vertraute sie ihm dennoch nicht. Deshalb hatte sie auch wider besseres Wissen versucht, mit ihrer Mutter darüber zu sprechen, doch die war ganz bleich geworden und hatte sie beschworen: »Hör nicht auf ihn! Das ist nicht dein Vater, der zu dir spricht, sondern die Versuchung des Bösen.«

So ein Quatsch!, dachte sie und wünschte sich doch, dass ihre Mutter endlich einsah, dass sie ohne Quaids Ratschläge längst verhungert wären.

So vertieft war sie in ihre Gedanken, dass sie beinahe nicht bemerkt hätte, wie die Engel einen Hauseingang betraten. Kurz darauf flammte in der obersten Etage ein Licht auf. Nass und müde, wie sie war, wäre sie jetzt auch gern in einer trockenen Wohnung gewesen.

Das leise Trommeln des Regens war verstummt, und über ihr gaben die Wolken den Blick auf ein blasses Himmelgrau allmählich wieder frei. Nur der Westwind blies unvermindert und trocknete den Asphalt leerer Straßen. Miljena gähnte und betrachtete das Baugerüst am gegenüberliegenden Haus. Kurz entschlossen kletterte sie hinauf. Der Platz, den sie hoch oben fand, war wie ein Geschenk. Nicht nur konnte sie nun deutlich erkennen, was in der gegenüberliegenden Wohnung vor sich ging – hinter der Plane, die für die hier entstehende Edelboutique warb, war sie zumindest notdürftig vor der Aufmerksamkeit der Engel geschützt. Mit ihrem Messer schnitt sie ein

Loch hinein und bereitete sich auf eine lange Wartezeit vor. *Vielleicht*, dachte Miljena, während sie gebannt die Szene in der Wohnung gegenüber beobachtete, *sind die beiden gar nicht meine Feinde.*

Als Iris neben Samjiel über den Steg zurückging, schwankten die Planken unter ihren Füßen stärker als zuvor. Die Boote tanzten auf der Newa, das Wetter war umgeschlagen und bescherte ihnen beinahe eine richtige Nacht. »Würdest du mich ein Stück begleiten?«

Sein sehnsuchtsvoller Blick zum Turm der Peter-und-Paul-Kathedrale entging ihr nicht, aber sie hatte keine Lust, dort hinaufzufliegen. Erstens war es kein sicherer Ort, zweitens saß sie nicht gern im Regen.

Er trat von einem Fuß auf den anderen. »Wohin?«

»Wein gibt es bei mir auch.«

»Fang doch nicht schon wieder davon an!« Sein Tonfall ließ ahnen, wie peinlich es ihm war, dass sie von den Barbesuchen wusste. »Es ist ja nun nicht so, als könnten wir süchtig werden.«

»Können wir nicht?« Sie zog eine Augenbraue hoch. »Das glaubst du wirklich! Sam, ich wette, wir haben genügend Gesprächsstoff für mehr als eine Nacht.«

»Iris!«, warnte er. »Ich bin nicht einer deiner Schutzengel, mit denen du umspringen kannst, wie es dir gefällt. Bisher habe ich mitgespielt, weil es sich einfach ergeben hat. Das heißt aber nicht …«

»Schon in Ordnung! Ich habe es nicht böse gemeint.« Beschwichtigend legte sie ihm die Hand auf den Arm.

»Außerdem spiele ich kein Spiel. Weder mit dir noch mit dem Leben anderer.« Sie hatte mit ihrer Befürchtung leider richtig gelegen, die einzigartige Stimmung war seit der Unterbrechung durch den Kellner verflogen.

»Dann wäre es nett, wenn du mir erklären könntest, was los ist.« Der General klang spröde wie eine alte Keramik.

»Genau das habe ich vor. Komm, es ist nicht weit.« Ohne sich umzudrehen, marschierte sie los.

»Ich kann mich, auch wenn du das vielleicht nicht glaubst, recht gut daran erinnern, wo du wohnst.« Mit wenigen Schritten war er bei ihr und hielt sie zurück. »Warte!«

Widerstrebend blieb sie stehen und stellte fest, dass er sie nur zurückgehalten hatte, um ihr seinen Mantel als Schutz gegen den Regen um die Schultern zu legen. Eine ziemlich überflüssige Fürsorglichkeit, denn sie war bereits bis auf die Haut durchnässt, und ihre Tätowierungen schimmerten längst durch das helle Kleid hindurch. Diese Geste ließ dennoch etwas in ihrem Inneren schmelzen. Sie hatte nicht einmal gewusst, dass es sich dort gleich unter – oder war es mittendrin? – ihrem Herzen befand, aber was auch immer damit gerade geschah, es fühlte sich himmlisch an.

Ihre Nähe verwirrte und beschwingte Samjiel. Er hätte nicht erklären können, wie das zusammenpasste, und es war natürlich eine Illusion, aber bevor es dem Ende zuging, wollte er den irren Cocktail aus Gefühlen noch ein klein wenig länger genießen.

Das Lächeln, das sie ihm schenkte, fühlte sich an wie ein warmer Sommertag. Ihr Lachen wie das Prickeln der Salzwassertropfen auf seiner Haut, anregend und stets beunruhigend, denn das Meer war nicht sein Element.

Als er nach dem etwas unglücklichen Abgang aus dieser verteufelten Bar im breiten Bett ihres Apartments erwacht war, hatte er sich die Zeit genommen, den Duft ihres Körpers zu genießen, der schwach in den Kissen hing. Was auch mit ihm geschehen würde, bis zum letzten Atemzug wollte er die Erinnerung an diese einzigartige Mischung aus dem Duft frischer Frühlingswiesen behalten. Und allmählich begriff er auch, dass es auf keinen Fall nur Dankbarkeit war, die er empfand. Schon seit ihrer ersten Begegnung konnte er nur noch an Iris denken. Ganz gleich, was oder wie viel er trank, ob er über die Veränderungen in seinem Dasein nachdachte – sie war immer da. Und nun lud sie ihn zu sich nach Hause ein. Nicht aus Mitleid oder weil sie diese Anziehungskraft zwischen ihnen ebenfalls gespürt hatte, sondern vielleicht nur, um mit ihm über ihre *Jobs* zu reden. *Heute Nacht*, das nahm er sich in diesem Augenblick vor, *werde ich noch einmal in ihrem Bett schlafen.* Gleichgültig, ob sie neben ihm liegen, oder – wie beim letzten Mal – auf der Couch übernachten würde. Nur noch einmal das Gesicht in die kühlen Kissen drücken und …

»Worauf wartest du?« Das Lachen in ihrer Stimme wärmte seine Seele.

»Ich …« Ihr Anblick machte ihn sprachlos. Da stand sie, im Hauseingang, seinen Mantel in der Rechten, die andere Hand nach ihm ausgestreckt, und lächelte, als hätte sie seine Gedanken gelesen. Nein, besser! Als gefiele ihr, was er dachte.

Ihm jedenfalls gefiel, was er sah. Die farbigen Heiligenbilder, mit denen sie sich schmückte, schimmerten durch den feuchten Stoff ihres Kleids hindurch, lange Beine, geradezu unanständig betont vom regennassen Rock. Und Flügel, wie er sie noch nie zuvor gesehen hatte. In einem Augenblick bunter als die Reklame einer Jahrmarktsbude und danach sofort wieder weiß, wie eine junge Kumuluswolke am Sommerhimmel.

Irritiert schüttelte Samjiel den Kopf über diese seltsamen Vorstellungen, die ihn neuerdings ständig von seinen eigentlichen Aufgaben ablenkten. Wie diese vollkommene Linie beispielsweise, mit der die Natur ihren Taillenbogen wie einen schwungvollen Notenschlüssel geschaffen hatte. Das Treppengeländer knackte unter seinem festen Griff.

»Kommst du jetzt, oder willst du mir ewig auf den Hintern starren?«

Hätte er nicht das Lachen in ihrer Stimme gehört, Samjiel wäre vor Scham im Erdboden versunken. Rasch ging er die Stufen hinauf bis zum ersten Treppenabsatz und sah ihr dabei zu, wie sie den Schlüsselbund hervorzog und nacheinander drei Schlösser aufschloss. Wenig später lehnte er sich von innen an die nun wieder sorgfältig geschlossene Wohnungstür und war dankbar, dass Iris ihm den Rücken zudrehte. Er hätte davonlaufen sollen – stattdessen beobachtete er sie, als hinge sein Schicksal davon ab, sich jede ihrer Bewegungen für immer einzuprägen. Wie sie ihre Schuhe abstreifte, ohne sich dabei zu bücken, wie sie seinen nassen Mantel auf einen Bügel hängte und in einen unbeleuchteten Raum am Ende des Flurs trug.

»Der Regen macht alles so klamm, findest du nicht auch?«, rief sie. »Es sind bestimmt nur zwölf Grad heute Nacht!« Mit diesen Worten verschwand sie aus seinem Blickfeld und kam gleich darauf ohne den Mantel, aber mit einem Stapel frischer Kleidung und Handtücher zurück. »Ich habe dir ein Hemd mitgebracht, die anderen Klamotten musst du dir selbst heraussuchen. Ich fürchte, bei Konfektionsgrößen für Männer muss ich passen.« Sie wandte ihm den Rücken zu. »Kannst du mir den Reißverschluss aufmachen?«

Mit einer Handbewegung legte er vier farbenfrohe apokalyptische Reiter frei, die ihn feindselig anzublinzeln schienen. »Woher hast du nur all diese Tätowierungen?«

Als ihr Kopf wieder unter dem klatschnassen Kleid hervorkam, drehte sie sich um. »Von überall. Wenn mir langweilig ist, lasse ich mir ein neues stechen.«

»Dann hoffe ich, dass du demnächst ausreichend Beschäftigung haben wirst«, murmelte er und prallte überrascht zurück, als sie sich umdrehte und ihn anfauchte: »Wieso, gefällt es dir nicht?«

»Der Anblick ist ein bisschen gewöhnungsbedürftig«, gab er zu und ergänzte eilig: »Aber ich hatte eigentlich eher daran gedacht, dass nicht mehr viel Platz bleibt, um größere Gemälde in Angriff zu nehmen.« Beschwichtigend lächelnd nahm er ihr das Frottiertuch aus der Hand, und anstatt sich selbst abzutrocknen, rieb er damit über die vor Nässe glänzenden Bilder auf ihrer Haut. Das war reiner Selbstschutz, denn anderenfalls hätte er vermutlich wie ein Idiot dagestanden und ihre vollendet geformten Brüste angestarrt. Noch nie hatte er sich Gedanken über die Figur einer Frau gemacht, und jetzt schien es, als könnte er sich von ihrem Anblick überhaupt nicht mehr losreißen.

Regungslos verharrte sie und ließ es sich gefallen, dass er ihr die Schultern abrieb, den flauschigen Stoff behutsam über die Arme und den Rücken gleiten ließ. Mit einem Lächeln erlaubte sie ihm, das Dekolleté abzutupfen. Mutig geworden, ließ er das Frotteetuch weiter hinuntergleiten und kniete schließlich sogar vor ihr nieder, um ihre Beine und die schmalen Füße zu trocknen.

»Das kitzelt!«, kicherte sie.

Als Samjiel aufsah, hielt er den Atem an. Ihr Bauch bebte vor Lachen, und der Wunsch, ihn zu küssen, bis sie um Gnade bat, war nahezu übermächtig. Abrupt sprang er auf. »Dir ist kalt.«

»Wenn du das sagst.« Sie lachte ihn aus.

Er trocknete sich selbst ab, während sie ein frisches Handtuch um ihre nassen Haare schlang und sich vor den Ofen hockte.

Mit routinierten Bewegungen öffnete Iris die eiserne Klappe und legt drei Holzscheite hinein. Aus einem Körbchen zog sie Reisig und schob es unter das Holz. Anschließend legte sie die Handflächen aneinander, wie jemand, der Wasser schöpfen wollte, und rief ihr Engelsfeuer. Als huldigte sie einem Feuergott, hauchte sie in die allmählich erwachende Glut, bis diese auf den trockenen Zunder übersprang. Hungrig wuchsen die Flammen, das erste Holz glühte und knisterte bereits. Noch einmal spitzte sie die Lippen und blies vorsichtig, als wollte sie den Schmerz eines Kindes fortpusten. Das Feuer loderte auf, Wärme breitete sich aus.

»Gleich wird es gemütlicher.«

Das *Ja*, das er endlich herausbrachte, klang in seinen Ohren nach einem Seufzer, und er hoffte, sie würde es nicht bemerken. Verzaubert betrachtete er ihr fein geschnittenes Profil, das sich wie ein Schattenbild vor dem hellen Hintergrund abzeichnete.

Das Feuer war auch auf ihn übergesprungen, und als sie die Ofenklappe schloss, reichte er ihr seine Hand, um sie auf die Füße zu ziehen. Regungslos standen sich beide Engel gegenüber, versunken in den Anblick des anderen, staunend über das, was mit ihnen geschah.

Es war beileibe nicht das erste Mal, dass er eine Frau dabei beobachtete, wie sie einen Ofen befeuerte, aber nun kam es ihm vor, als hätte er noch nie zuvor genau hingesehen. Sie jetzt loszulassen, wagte er nicht, aus Furcht davor, den Zauber dieses Augenblicks mit einer unbedachten Bewegung zu zerstören. Überhaupt hätte er sich am liebsten nicht bewegt. Der Wunsch, ihr Gesicht zu berühren, wuchs jedoch in ihm zu einem überwältigenden Verlangen. Wieso hatte er bisher die langen Wimpern nicht bemerkt? Wie winzige Federn ließen sie ihren hellen Teint fast weiß erscheinen. Langsam hob er die andere Hand und strich Iris mit bebenden Fingern über das Gesicht, ihre Lider flatterten und öffneten sich, sie legte den Kopf in den Nacken.

»Samjiel, küss mich!«

Nahezu furchtsam beugte er sich zu ihr hinab, um den Tropfen fortzuküssen, der von irgendwoher gekommen war und wie eine Träne ihre Wange hinablief. Dann flüsterte er ihr ins Ohr: »Bist du sicher?«

Als Antwort drängte sie sich weiter an ihn heran, bis ihre Nähe kleine Schauer über seinen Bauch jagten.

Er hauchte eine Reihe wortloser Versprechungen bis zum Kinn und wagte sich nach kurzem Zögern an ihren Mundwinkel. Würde sie sich noch mehr gefallen lassen? Ein Rätsel, wie er so genau wissen konnte, was er wollte, denn er hatte noch nie in seinem Dasein jemanden geküsst! Es schien jedoch ganz gut zu laufen, denn Iris beschwerte sich nicht, im Gegenteil: Ihre vom Regen kühle Haut erwärmte sich, und die Brüste waren auch voller geworden, jedenfalls konnte er deutlicher spüren, wie sie sich an ihn presste, und das gefiel ihm fast so sehr wie das sachte Knabbern, mit dem Iris seine Zärtlichkeiten beantwortete. Als sie ihn unerwartet in die Unterlippe biss, öffnete er erschrocken den Mund. Und dann … war das etwa ihre Zunge? Halt suchend umschlang er sie fester.

Plötzlich klammerte sie sich an seinen Schultern fest und legte die Beine um seine Hüften. Überrascht fasste er zu, hielt ihr herrliches Hinterteil, damit sie nicht abrutschte, und stolperte vorwärts, bis sie beide an der Wand Halt fanden. Ihr Atem ging schneller, und der Anblick ihrer leicht geöffneten Lippen bewirkte merkwürdige Dinge in seinem Körper.

»Das ist gut, lass mich nicht los!«, verlangte sie und küsste ihn wieder.

Hitze schraubte sich spiralförmig von seinem Mund hinab, und er gab dem Drang nach, sich an ihr zu reiben. Iris seufzte verzückt und setzte ihm ihren eigenen Rhythmus entgegen.

Er konnte nichts anderes mehr denken, als sie zu verführen, ihr die Sterne zu Füßen zu legen – aber vor allem wollte er in ihr sein. Sich tief in sie versenken, eins mit diesem wunderbaren Geschöpf werden und sie mit seiner Liebe erfüllen. All diese unbekannten Gefühle brachen mit einer Gewalt über ihn herein, dass er fast in die Knie ging. Samjiel stöhnte, sie lachte kehlig und nestelte an seinem Hosenbund. »Was tust du bloß mit mir?«

»Das würde mich auch interessieren«, erklang eine strenge Stimme.

»Gabriel!« Iris' eben noch biegsamer Körper versteifte sich.

Ausgerechnet, hauchte die Stimme in seinen Gedanken.

Iris flüsterte: »Bitte lass mich runter.«

Zu erschrocken, um nachzudenken, gehorchte er sofort und musste sie festhalten, sonst wäre sie womöglich ins Straucheln geraten. Selbst hätte er sich auch am liebsten für einen kurzen Augenblick des Atemholens irgendwo angelehnt, um seine Balance wiederzufinden.

Iris erholte sich schneller als er, machte einen Schritt zur Seite und verschränkte die Arme vor der Brust, als hätte sie allen Grund für ihre Empörung. »Was ist?«

Erst allmählich gelang es ihm, sich auf die neue Situation einzustellen. Während er Gabriel feindselig betrachtete, behielt er auch Iris im Auge. Sie wirkte verärgert, aber nicht besonders beunruhigt, was der einzige Grund war, warum er sich nicht auf den unliebsamen Zeugen seiner Schwäche stürzte und kurzen Prozess mit ihm machte.

Der Typ stand in der Tür und schien für den kleinen Wohnraum zu groß zu sein, obwohl er nicht einmal seine Flügel zeigte. Mit wachem Blick nahm er die Szene in sich auf, bis ein wenig sympathisches Lächeln auf seinen Lippen erschien. »Dann stimmt es also, was man sich erzählt.«

»Und was erzählt man sich?« Geschmeidig hatte sich Iris zwischen die beiden Krieger geschoben. Warnend sah sie Gabriel an.

Der gab seine feindselige Haltung vorübergehend auf und schlenderte durch den Raum bis zum Fenster. Unbesorgt drehte er ihnen den Rücken zu und sah hinaus.

»Iris, ist dir wirklich nichts aufgefallen?«

»Was meinst du?« In dem schnellen Seitenblick, den sie Samjiel zuwarf, glaubte er die Bitte zu lesen, die Angelegenheit ihr zu überlassen. Mit einem kaum sichtbaren Nicken stimmte er zu, blieb aber weiter auf der Hut.

Gabriel war kein Unbekannter. Im Gegenteil, Samjiel war wahrscheinlich einer der wenigen Engel, die von seiner engen Verbindung zu Nephthys, der obersten Wächterin, und somit auch Iris' Auftraggeberin wussten. Nicht einmal Michael hatte eine Ahnung.

»Nun red schon!«

Gabriel vergrub die Hände in den Taschen, drehte sich jedoch nicht um. Was eine exzellente Entscheidung war, denn in Samjiels Inneren tobte ein Sturm aus Emotionen, und er war kurz davor, die Antwort aus ihm herauszuschütteln. Und das wäre keine gute Idee gewesen.

Zum einen war der Raum viel zu klein für eine ernsthafte Auseinandersetzung zwischen ihnen, zum anderen besaß der Wächter einen gewissen Ruf. Käme es zu einem Kampf, würde der auf jeden Fall blutig werden.

Er zweifelte nicht daran, den arroganten Wächter besiegen zu können, aber er musste auch an Iris' Sicherheit denken.

»Ihr werdet beobachtet«, sagte Gabriel endlich in die gespannte Stille hinein.

Sofort war Iris bei ihm. »Von wem?«

»Hast du diesen trotteligen Schutzengel wirklich nicht bemerkt?«

Sie schien einen Augenblick zu überlegen und nickte schließlich langsam. »Irgendwoher kenne ich den. Hat er mich bespitzelt?«

»Dich? Nein.« Er sah zu Samjiel herüber. »Ihn hier hat er versucht anzuschwärzen. Von Kneipenabenden war die Rede und von einer gemeinsamen Nacht mit seiner *Geliebten*.«

Iris begann zu lachen, erst leise, dann fast schon hysterisch. »Und damit meint er dann wohl mich, oder?« Sie verstummte und kniff die Augen zusammen. »Die Ratte! Wem hat er davon erzählt?«

»Vorerst nur uns.«

»Du hast ihn doch hoffentlich aus dem Verkehr gezogen?«

Samjiel fragte sich einen Augenblick lang, was das in der Sprache der Wächter bedeutete. Wollte sie wissen, ob der Schutzengel getötet worden war?

Gabriel öffnete die Balkontür. Kalte Luft strömte herein, auf der Straße zischte der nasse Asphalt unter den Reifen der vorbeifahrenden Autos. »Wenn ich jedem den Mund verbieten würde, der sich über dich das Maul zerreißt, hätte ich viel zu tun. Aber keine Sorge, der kleine Scheißer ist im Steingarten gut aufgehoben.«

Diesen Garten kannte Samjiel nur vom Hörensagen, und das war auch besser so. Es gab wenige, die ihn lebendig verlassen hatten, um Näheres darüber berichten zu können. Das Gerücht, Nephthys bewahre dort unliebsame Konkurrenten auf, hielt sich seit ewigen Zeiten. Zu marmornen Skulpturen würde sie ihre Gegner verwandeln, die, wiewohl bewegungslos, aber keineswegs ohne Bewusstsein, einen steinernen Palast schmückten. Die meisten dieser Figuren, hieß es, seien geflügelt.

Er verschränkte die Arme vor der Brust und verzog keine Miene, doch insgeheim grauste es ihn bei der Vorstellung, für immer zu Stein erstarrt in der Einsamkeit auf das Jüngste Gericht zu warten. »Und da nennt ihr *uns* grausam?«

Gabriel fuhr herum und bedachte ihn mit einem abfälligen Laut. »Wer hat dich gefragt?«

»Jungs, entspannt euch!« Iris hob in einer friedfertigen Geste beide Hände. »Gabriel …«

Der Wächter würdigte sie keines Blickes.

»Möchtest du mir jetzt bitte erzählen, was dich hierher geführt hat?« Iris' Stimme hatte einen ausgesprochen eigenartigen Tonfall angenommen. Als sie weitersprach, klang es wie die vielstimmige Interpretation eines Lieds, dessen Melodie tief in jedem von ihnen lebte, die aber nur wenige zu erwecken vermochten. Vertraut und fremdartig betörend zugleich nahm sie die beiden Engel mit ihrem Zauber gefangen, der erst allmählich verflog, obwohl sie längst schwieg.

Gabriel befreite sich als Erster, vermutlich hatte er als Iris' Kollege Erfahrung darin sammeln können, das feine Gespinst ihrer Magie zu verlassen. »Ja, schon gut. Ich bin nicht hergekommen, um dir Stress zu machen. Das kannst du augenscheinlich selbst viel besser.« Mit einem anzüglichen Blick auf den derangierten Zustand ihrer Kleider ließ er sich in den einzigen Sessel fallen und legte die Füße hoch. »Setzt euch.« Als weder Iris noch Samjiel reagierten, stand er wieder auf. »Fakt ist, dass ich nicht weiß, ob er mit jemandem gesprochen hat, bevor er zu uns kam. Aber ich muss ja wohl nicht erklären, was passiert, wenn *Michael der Gerechte* erfährt, dass sein erster General derzeit ein wenig …« Er zögerte kurz und lachte dann anzüglich. »Wie soll ich sagen? Emotional ein wenig instabil ist?«

»Es ist besser, du gehst jetzt!« Iris schob ihn zur Balkontür. »Vielen Dank für die Warnung.«

»Du sollst nicht den Überbringer der Nachricht töten!«, deklamierte Gabriel dramatisch, lachte trocken und sprang auf das Geländer. Die mächtigen Schwingen bereits geöffnet und für das menschliche Auge unsichtbar, drehte er sich noch einmal um. »Er ist übrigens nicht der Einzige, der euch beobachtet. Als ich ankam, schlief in dem Baugerüst dort drüben ein ganz bemerkenswertes Geschöpf. Aber das ist wohl eher deine *Baustelle*, verehrter General!« Gabriel zwinkerte vertraulich und schraubte sich mit wenigen Flügelschlägen empor, bis er in den Wolken verschwand.

»Nein!« Iris versuchte vergeblich, Samjiel festzuhalten, als er sich ebenfalls auf das Eisengeländer schwang. Das atemberaubende Tempo, mit dem er sich bewegte, erinnerte sie daran, mit wem sie es zu tun hatte. Als sie sich über das Geländer lehnte, war er nirgendwo zu entdecken. »Sam?«, fragte sie unsicher, erhielt aber keine Antwort.

Gabriel würde sich hoffentlich nicht in eine Auseinandersetzung mit ihm verwickeln lassen. Lächerlich, wie sich die beiden aufgeführt hatten. Wie zwei gekränkte Platzhirsche waren sie ihr vorgekommen. Natürlich war es ihr auch ein bisschen peinlich, beim Knutschen erwischt worden zu sein, aber sie hatte sein freches Zwinkern gesehen und vertraute darauf, dass er sie nicht verpfeifen würde. Die Frage war, ob Samjiel seine Gefühle auch unter Kontrolle hatte. Nicht, dass sie einen Kontrollverlust im passenden Augenblick nicht zu schätzen wüsste. *Himmel, kann der küssen!* Mit den Fingerspitzen fuhr sie sich über die Lippen und lächelte. Doch dann sah sie wieder besorgt zum Himmel. Wo war er bloß hingeflogen?

Gerade war sie im Begriff, ihm zu folgen, da kam er zurück, und beide prallten auf dem kleinen Balkon gegeneinander.

»Da ist niemand mehr.«

Diese Entdeckung ist es sicherlich nicht, die seinen Atem beschleunigt, dachte Iris. Überrumpelt von einer an ihm bisher unbekannten Zielstrebigkeit und zweifellos auch von der Dominanz, die er zu jeder Zeit ausstrahlte, ließ sie sich ohne zu protestieren ins Zimmer zurückschieben.

Hinter ihnen fiel die Balkontür zu, alle Lampen erloschen. Der Kamin war nun die einzige Lichtquelle, bis Samjiel mit einer einzigen Handbewegung die Kerzen zum Brennen brachte. Sie tauchten den Raum in warmes Licht. Das Feuer im Kamin loderte auf, ein Holzscheit fiel in sich zusammen, Funken stoben, und Iris hätte schwören können, nicht mehr in dieser Welt zu sein. Der Ausdruck wilder Entschlossenheit in Samjiels Gesicht machte ihr Angst, und gleichzeitig erregte er sie.

»Ich bin verloren.« Er beugte sich herab, bis sein Mund nahe genug an ihrem Ohr war, dass die Ohrringe leise gegeneinanderschlugen, als die Lippen dagegenstießen. »Zeige mir, wie es ist, geliebt zu werden.«

Das wärmende Nest aus Engelsfedern zu verlassen, in dem sie an Samjiels Schulter geschmiegt gelegen hatte, bis sie sicher sein konnte, dass er wirklich schlief, kostete Iris mehr Überwindung, als sie es jemals für möglich gehalten hätte. Beiläufig streifte sie ein T-Shirt über, griff nach ihrer Jeans und verließ das Zimmer, ohne zurückzusehen. In der Tür drehte sie sich dann aber doch noch einmal um und lauschte. Regungslos lag er da und hatte wahrscheinlich noch nie so jung ausgesehen wie in diesem Moment, und auch nicht so verletzlich.

Doch Iris hielt es selten lange an einem Ort oder in Gesellschaft anderer aus. Heute kam eine nie gekannte Unsicherheit hinzu, und deshalb floh sie regelrecht hinauf auf das Dach. Raus, nur raus an die Luft und unter freien Himmel.

Wobei *frei* bestimmt nicht die richtige Bezeichnung für die Welt jenseits des Horizonts war, denn Regeln gab es dort jede Menge. Vielleicht für sie etwas weniger als für Samjiel, aber die wichtigste hätten sie beinahe gebrochen, und das hätte sie sich niemals verziehen.

Wann war dieser Job eigentlich aus dem Ruder gelaufen? Wahrscheinlich schon, als er traurig auf dem Kreuz gehockt hatte. Oder in der Bar. Verzweifelt, betrunken – man stelle sich das nur vor: ein betrunkener General, Stellvertreter und rechte Hand des Erzengels Michael!

Im Grunde war es ja gleichgültig, und vielleicht lag es einfach nur an den stets kryptischen Anweisungen, die sie von Nephthys erhielt, sobald sie die Erde erreichte. Zwei Namen hatten in geschwungener Schrift auf dem sorgfältig gefalteten Blatt Papier gestanden, das sie zusammen mit dem Wohnungsschlüssel und einer Geldbörse kurz nach der Ankunft entdeckt hatte: Miljena, und in Klammern dahinter: Sam. Mit Ausrufezeichen.

Miljena sagte ihr erst einmal nichts, bis sie sich plötzlich an die Gerüchte erinnerte, die von einer fruchtbaren Verbindung zweier Engel sprachen und von einer *Blume des Himmels*, die daraus erblüht sein sollte. Ihre Kontakte – Gefallene, die sie in fast jeder Stadt kannte – bestätigten, dass es hier ein Mädchen gleichen Namens gab, das mit der Mutter zusammenlebte. Von einem Vater wusste man nichts zu berichten, doch das war nicht notwendig, denn dessen Schicksal kannte Iris. Er war schon vor einiger Zeit einem trickreichen Gerechten ins Messer gelaufen. Es dauerte nicht lange, und sie hatte sich ein Bild von ihr gemacht. Eine talentierte Balletttänzerin, die kaum etwas von sich preisgab. Stets angespannt, selten lachend, aber unendlich zärtlich, wenn es darum ging, einem Straßenkind von dem Wenigen zuzustecken, das sie selbst besaß. Wagemutig und immer wütend entschlossen, die Ihren und ihr Geheimnis zu bewahren. Sie trug das Engelsfeuer in sich und hatte es irgendwie geschafft, diese zerstörerische wie heilende Kraft zu beherrschen. Iris mochte sie sofort.

Diesen Sam ausfindig zu machen, war schon schwieriger. Eine Samantha und einen Samuel konnte sie recht rasch aussortieren, danach verging kostbare Zeit, bevor sie darauf kam, unter den Engeln nach ihm zu suchen. Wer hätte auch damit gerechnet, dass der General selbst gekommen war, um Miljena und ihre Mutter zu töten? Hätte er nicht gezögert, ausgesprochen lange gezögert, seinen Plan in die Tat umzusetzen, Iris hätte das Unrecht nicht verhindern können. Das ärgerte sie zwar insgeheim, aber andererseits hatte sie es längst aufgegeben, die Vorsehung zu hinterfragen.

Nun, vielleicht hatte sie es nicht ganz aufgegeben, denn jetzt, da sie auf dem Dach ihres Hauses saß und die letzten Tage Revue passieren ließ, hätte sie zu gern gewusst, warum es ausgerechnet jemandem wie Samjiel gelungen war, ihr Herz zu berühren. Und nicht nur das Herz.

Unwillkürlich musste sie lachen. Sie konnte sich nicht erinnern, wann ein Kuss ihr Inneres mehr aufgewühlt hätte als der Genuss eines Himbeertörtchens. Beiden Köstlichkeiten, sofern nett präsentiert, konnte sie kaum widerstehen. Wobei Himbeertörtchen nach langen Monaten ohne Nahrung – Engel konnten, aber mussten nicht essen – schlimmstenfalls zu kurzzeitigen Magenverstimmungen führten, während alles, was über das Küssen hinausging, auf eine persönliche Audienz beim Höllenfürsten hinauslief.

Im Grunde herrschte da draußen das pure Chaos, und jeder musste zusehen, wie es ihm gelang, seine ethischen Standards aufrechtzuerhalten. *Das ist eben der Preis der Freiheit*, hatte Gabriel einmal gesagt, der für einen der einflussreichsten Wächter ihrer Hemisphäre eigentlich ganz in Ordnung war.

Wie auch immer. Samjiel schien davon überzeugt, die Liebesnacht mit Iris wäre der krönende Abschluss einer langen – und vor allem zölibatären – Karriere.

Weil sie fürchtete, dass er sich anschließend seinem Richter stellen wollte, hatte sie ihm verwehrt, was sie anderenfalls mit Vergnügen geschenkt hätte. Im besten Fall ein Himmelfahrtskommando. Nephthys' Wächter genossen viele Freiheiten, Sex gehörte im Allgemeinen nicht dazu.

Ein Spatz landete auf dem Dachfirst. Er legte den Kopf schräg und schien zu sagen: »Das ist ja alles schön und gut. Warum hast du nun wirklich verzichtet? Wenn er liebt, wie er küsst, dann …«

Sie streckte ihren Finger aus, er flog hoch und landete darauf. »Vielleicht möchte ich ihn nicht auf dem Gewissen haben?«

Die Worte klangen in ihren Ohren leicht dahingesagt, und tatsächlich war sie lieber zur Diebin geworden, als sich einer Leidenschaft hinzugeben, die selbst den letzten ihrer Schutzwälle mit sich fortgerissen hätte.

Der Vogel piepste spöttisch und flog davon.

»Ja!«, rief sie erbost. »Es stimmt. Ich bin verliebt, verdammt noch mal! Na und?«

Niemand antwortete. Stattdessen wurde ihr auf einmal übel, und sie fror. »Scheiße!«, flüsterte sie und war schon auf dem Weg hinunter in die Wohnung.

Kaum hatte sie den Balkon betreten, explodierte die Wohnungstür, und ein ausgesprochen kampfbereiter Erzengel trat ihr entgegen. »Wo ist er?«

Sie erlaubte es ihrer Furcht nicht zu wachsen und trat dem Eindringling mit dem hoch erhobenen Schwert entgegen. »Dies ist ein Refugium der Wächter. Du hast hier nichts verloren!«

»O doch!« Er lachte bitter und sah sich um. »Beantworte meine Frage, Wächterin!«

Auf das Lügen verstand sie sich nur unzureichend. Schon gar nicht, wenn sie jemandem gegenüberstand, dem man nachsagte, er könne die wenigen Schatten in einer im Übrigen reinen Seele aufspüren. Voller Sorge um Samjiel bemühte sie sich, jeden Gedanken an ihn zu verdrängen. Dies jedoch stellte sich als unerwartet schwierig heraus, und als sich Michaels Pupillen plötzlich zusammenzogen, wusste sie, dass er sie töten würde.

Dann sterbe ich eben für dich!, dachte sie und betete gleichzeitig um ein Wunder.

»Was ist denn hier los?« Gabriel erschien in derselben Tür, durch die sie Sam vor nicht einmal einer Stunde verlassen hatte. Er wirkte verschlafen und tappte auf Iris zu, die ihm vergeblich zu signalisieren versuchte, welch ungebetener Gast mitten in ihrem Apartment stand. Besitzergreifend legte er einen Arm um ihre Taille, zog sie näher und gab ihr einen Kuss auf die Wange. »Was will der …« Seine Augen wurden rund, und er richtete sich zu voller Größe auf. »Michael! Womit haben wir die Ehre verdient?«

Der Erzengel verzog keine Miene, doch seine gesamte Körperhaltung signalisierte Verachtung, während er offensichtlich die falschen Schlüsse zog.

Iris korrigierte ihn nicht, sondern sah kurz auf ihre Schuhspitzen, als könnte sie seinem Blick nicht standhalten. Sollte er ruhig glauben, was er wollte! Hauptsache, er kam nicht auf die Idee, Samjiel in ihrem Schlafzimmer zu suchen.

Augenscheinlich hielt er dies nach Gabriels kleinem Täuschungsmanöver nicht für notwendig. Dass sie zwei Männer in ihrem Apartment versteckt haben könnte, überstieg wohl seine Vorstellungskraft.

»Richte ihm aus, dass er von mir keine Gnade erwarten kann.« Er trat näher an sie heran. Er stand so dicht vor ihr, dass sie spürte, wie das Engelsfeuer heiß und tödlich in ihm loderte. Der einzige Hinweis darauf, dass der Erzengel Samjiels Schicksal sehr persönlich nahm – ganz gleich, wie kühl und beherrscht er sich gab. Abrupt, als hätte er ihre Gedanken gehört, drehte er sich um und war ganz einfach verschwunden.

»Toller Stunt!«, bemerkte Gabriel und knöpfte sein Hemd zu.

Iris ließ sich schwer auf einen Stuhl fallen, sie bemühte sich nicht einmal, das Zittern zu verbergen. »Danke!«

»War mir ein Vergnügen!« Prüfend sah er sie an. »Als ich hier ankam, war er schon fort – wirst du ihn warnen?« Freundschaftlich legte er ihr den Arm um die Schulter. Sofort sprang er zurück, als hätte er sich verbrannt.

»Du hast ihm das Feuer gestohlen?«

»Was hätte ich denn tun sollen?« Erschöpft rieb sie sich über die Stirn. »Wie es ist, geliebt zu werden, sollte ich ihm zeigen.«

Gabriel sah sie ungläubig an. »Und zur Strafe hast du ihn praktisch wehrlos gemacht?«

»Natürlich nicht!« Am liebsten hätte sie ihm die Augen ausgekratzt.

»Aha.«

»Ich hatte es einfach nicht mehr unter Kontrolle«, gab sie schließlich zu. »Und er …« Sie glaubte immer noch seine Hände zu spüren, als sie sich daran erinnerte, mit welcher Hingabe er sie verwöhnt hatte, als könnte er ihr jeden Wunsch von den Augen ablesen. »Wenn ich ihm gezeigt hätte, was Leidenschaft bedeutet, wäre er endgültig verdammt gewesen.« Sie wischte sich mit dem Ärmel über die Augen und sagte leise: »Ich weiß doch selbst nicht, wie es sich anfühlt, von jemandem geliebt zu werden.«

»Du irrst dich.«

Nicht sicher, ob er das tatsächlich gesagt oder ob sie es sich einfach nur eingebildet hatte, fragte sie: »Bitte?«

»Willst du mir etwa erzählen, du weißt nicht, was Nephthys für dich empfindet? Sie liebt uns alle.«

»Das kann sie aber geschickt verbergen.« Ihre Chefin konnte kälter sein als ein Ozean voller Flüssigstickstoff.

»Guter Vergleich.« Gabriel grinste. Er hatte die unangenehme Angewohnheit, ihre Gedanken zu lesen, wenn es ihm gefiel, und er war geschickt darin, was er auch genau wusste. »Sie lässt keinen von uns im Stich, oder hast du das schon mal erlebt?«

Das hatte sie nicht, und es war immer ein beruhigendes Gefühl, einen zuverlässigen Rückhalt zu haben, besonders in heiklen Situationen. »Das ist keine Liebe, wie ich sie meine.«

»Ich verstehe, dir fehlt die Romantik, oder soll ich sagen: *Erotik*?« Kopfschüttelnd umrundete er sie einmal. »Du willst mir doch nicht wirklich erzählen, dass dieser herrliche Körper noch nie …«

»Es ist verboten!«

»Ja und?«

»Es. Ist. Verboten!«, sagte sie noch einmal mit Nachdruck.

»Ich weiß. Es sei denn«, er schrieb mit den Finger Zeichen in die Luft, die wie Anführungszeichen aussehen sollten, »es dient einem wichtigen Zweck.« Augenrollend näherte er sich ihr, bis sie versucht war, einen Schritt zurückzuweichen. »Sex dient immer einem Zweck. Ob der wichtig ist oder nicht, das können nur die Beteiligten entscheiden. Zweifellos wünscht Nephthys nicht, dass wir uns hirnlos mit jedem Dahergelaufenen im Heu herumrollen, aber gegen die Liebe hat sie nichts einzuwenden. Das garantiere ich dir.«

»Das wusste ich nicht.« Iris schlug die Hände vors Gesicht.

»Im Ernst? Na ja, es wird nicht gerade in der *Heavenly Post* verbreitet«, gab er zu. »Was für ein Schlamassel.«

»Und nun?« Inbrünstig betete sie, dass er ihr eine Lösung präsentierte und danach alles gut werden würde. Wunder dieser Art hatte sie aber leider noch nie erlebt – warum sollte es also dieses Mal eine einfache Lösung geben?

»Noch ist nichts verloren«, mischte sich Gabriel in ihre Überlegungen ein.

»Meinst du?«

»Dein Auftrag ist doch eindeutig. Du solltest den General davon überzeugen, dass Gefühle zu haben nicht zu den Todsünden gehört.«

»Und davon abhalten, sich freiwillig zu stellen oder gar von der Gegenseite rekrutieren zu lassen, sollte ich ihn auch«, ergänzte sie seinen Satz. »Gut, dass wenigstens du die genaue Jobbeschreibung kennst.«

»Genau«, sagte er und klang dabei leicht irritiert. »Soweit bist du im Plan.«

Hoffnung regte sich in ihr, sie sah ihn erwartungsvoll an.

»Dass du nebenher noch dieses Mädchen aufgehalst bekommen hast«, fuhr Gabriel fort, »habe ich gleich für übertrieben gehalten, aber wie du weißt, sind wir derzeit einfach ein bisschen knapp an guten Leuten.«

»Wenn du das sagst.«

»Nephthys hat wieder eines ihrer Rätselspielchen veranstaltet?« Er schüttelte den Kopf. »Ich wünschte, sie würde das lassen …« Ganz kurz schloss er die Lider und atmete dabei so tief aus, dass man es für einen Seufzer halten konnte. Doch sofort strafften sich seine Schultern wieder. »Also los! Finde ihn so schnell wie möglich und gib ihm das Feuer zurück. Was es auch kostet – du musst ihn überzeugen …« Hier verstummte er und tat etwas noch nie Dagewesenes: Beinahe zärtlich nahm er ihr Gesicht zwischen die Handflächen und hauchte ihr einen Kuss auf die Stirn. »Leg dich nicht mit Michael an. Versprich mir das, ja?«

»Ja, ja!«, versicherte sie ihm über die Schulter hinweg, mit den Gedanken schon weit fort. Schnell lief sie zum Balkon, denn plötzlich wusste sie auch ohne Samjiels Feder als Kompass befragen zu müssen, wohin er geflogen war. »Hoffentlich komme ich nicht zu spät!«

Und hoffentlich haben wir uns nicht in ihm getäuscht. Unten in der Wohnung sah ihr Gabriel lange nach, bevor er die Balkontür schloss. »Der Himmel bewahre uns vor den Liebenden.«

Bevor er endgültig abzutreten gedachte, würde er diese Angelegenheit noch in Ordnung bringen. Für Iris.

Nun sah Samjiel in drei Augenpaare. Galina blickte ebenso angstvoll, wie es jeder gefallene Engel tat, dem er die Zeit dazu ließ; Miljena, die seinem Blick auszuweichen versuchte, und Aljoscha, der erfolglose Taschendieb, der verstört von einem zum anderen sah.

»Wenn ihr die Stadt nicht auf der Stelle verlasst, kann euch niemand mehr helfen!«

»Und warum sollen wir ausgerechnet dir glauben, Dämon?« Galinas Stimme klang fest. Doch es gelang ihr nicht, ihm etwas vorzumachen, sie litt Todesängste.

Seine wahre Identität wollte er nicht enthüllen, beruhigender wäre es ohnehin nicht gewesen. Je weniger von seinem *Problem* wussten, desto besser. Ihre Furcht vor den Dunklen Engeln Luzifers bestärkte ihn in seiner Entscheidung, sie zur Flucht zu bewegen. Es sollte am Ende niemand über ihn sagen, er hätte nichts dazugelernt.

»Mama, wenn er es gewollt hätte, wäre ich längst tot«, sagte Miljena eindringlich. Und das stimmte natürlich. Dennoch verstand Samjiel nicht, warum sich das Mädchen auf seine Seite schlug, und die Art, wie sie ihn anhimmelte, als sei er ein Popstar, fand er geradewegs beunruhigend.

Gestern, nach Gabriels Hinweis, dass sie beobachtet wurden, hatte er die Kleine auf dem Gerüst entdeckt und der Einfachheit halber nach Hause geflogen, bevor jemand anderes ihre Situation ausnutzen konnte. Dieser Flug war es offenbar gewesen, der dazu geführt hatte, dass sie ihn heute mit neuen Augen sah. Als sie vorhin die Tür geöffnet und ihn erkannt hatte, war sie ihm um den Hals gefallen und hatte sich stürmisch für die schönsten Augenblicke in ihrem Leben bedankt. Etwas, das ihre Mutter auch nicht eben für ihn einnahm.

Galina wollte erst nicht glauben, dass Miljena mit Samjiel *nur* geflogen war, und bezichtigte ihn, ihr Kind mit seiner dunklen Magie zu manipulieren. Das Fliegen war ein großes Thema zwischen den beiden, hatte Samjiel aus der hitzigen Diskussion heraushören können, während der er beinahe vergessen mitten in der winzigen Hütte gestanden hatte, nur bewacht von einem kleinen Jungen und seinem großen Messer. Aus dem Streit die richtigen Schlüsse zu ziehen, war nicht schwierig. Miljena träumte davon, einmal zu fliegen wie ein Engel. Nichts ahnend hatte er ihr den Traum beinahe erfüllt und damit anscheinend ihr Herz erobert.

Diese neue Sympathie war ein bisschen überraschend für ihn. Wann immer er sie in den vergangenen Wochen beobachtet hatte, waren Furcht und Anspannung spürbar gewesen. Erfahrung hatte er mit Teenagern zwar keine, doch immerhin wusste er, dass sie ausgesprochen enthusiastisch sein konnten und zuweilen dazu neigten, zum Spielball ihrer Gefühle zu werden.

Fast wie ich, dachte Samjiel und hatte Mühe, sein selbstironisches Grinsen zu verbergen. Vielleicht deshalb nahm er ihre Bewunderung gelassen hin, blieb aber auf der Hut. Was auf den ersten Blick naiv wirkte, konnte ebenso gut eine Überlebensstrategie sein.

»Miljena, bist du verrückt geworden? Nur weil jemand ein hübsches Gesicht hat und eine Runde mit dir fliegt, darfst du ihm nicht trauen.«

Ein hübsches Gesicht? Und was ist mit dem Rest?, flüsterte Samjiels neue innere Stimme unverschämt.

»Er hat die dunklen Männer vertrieben«, piepste der kleine Aljoscha und steckte sein Messer weg. Offenbar wollte nun auch er die Seiten wechseln.

Erstaunt betrachtete Samjiel ihn zum ersten Mal genauer. Es fiel ihm nicht schwer, die kindlichen Gedanken zu lesen. Der Bengel hatte tatsächlich gesehen, wie Samjiel, der wenig Sympathie für die ortsansässigen Schutzgelderpresser aufbrachte, die Kerle kurzerhand buchstäblich zum Teufel geschickt hatte. Nicht zu bemerken, dass er dabei von einem Kind beobachtet wurde, war eine unverzeihliche Nachlässigkeit.

»Ist das wahr?« Galina schwankte und hielt sich am Küchentisch fest. »Dann schicken sie neue, noch üblere. Wie konntest du das nur tun?« Totenbleich sah sie ihn vorwurfsvoll an. »Aber was frage ich, du bist ein Dämon. Es macht dir Spaß, uns zu quälen, nicht wahr?« Und ehe er widersprechen konnte, stürzte sie zu Boden.

»Mama!« Miljena fiel neben ihr auf die Knie. »Aljoscha, schnell. Die Tropfen.« Und an Samjiel gewandt rief sie: »Nun tu doch was!«

Er hatte mit Dankbarkeit gerechnet, nicht mit einem dramatischen Zusammenbruch. In dieser verrückten Welt der Gefühle war wirklich alles anders, als er es erwartete. Große Heilkräfte besaß er nicht, doch für einen Ohnmachtsanfall würden sie wohl ausreichen. Also hob er die schlaffe Gestalt vom Boden auf. »Wohin?«, fragte er und folgte dem Mädchen in eine winzige Kammer. Dort legte er Galina auf ein Lager, das zu schmal war, als dass er sich neben sie hätte setzen können. Während Miljena hinauslief, um das Medikament zu holen, kniete er sich vor das Bett, legte ihrer Mutter eine Hand auf die Stirn und murmelte eine paar Worte. Sofort holte sie tief Luft, hustete und schlug dann verwundert die Augen auf. »Du hast dein Feuer verloren!«

Im selben Augenblick, in dem er ihre Worte hörte, wusste er, dass es stimmte. Etwas war anders gewesen, als er vorhin in Iris' Bett erwacht war. Natürlich war es das. Schlimm, wenn es nicht so gewesen wäre, schließlich hatten sie gemeinsam die Geheimnisse der Liebe entdeckt.

Für einen kurzen Augenblick fühlte er sich orientierungslos. Das hatten sie doch, oder …?

Mit allem hätte er gerechnet, aber nicht damit, dass jemand, dem er vertraute, ihm das Engelsfeuer stehlen würde. Vergeblich versuchte er, sich an den genauen Ablauf des Abends zu erinnern. Sie hatten sich geküsst. Ein Lächeln bahnte sich seinen Weg in Sams Mundwinkel. Sie küsste wunderbar, und ihre Hände … Aber was war dann geschehen? Die Enttäuschung drückte ihm beinahe den Atem ab. Er konnte sich nicht erinnern.

»Dann bist du also selbst ein Gefallener.« Allmählich drang Galinas Stimme wieder in sein Bewusstsein vor.

Ihm war schlecht, und am liebsten hätte er ihr den Mund zugehalten, damit sie endlich zu reden aufhörte. *Iris! Warum?*

Ahnungslos sprach die Frau weiter: »Ich bitte um Entschuldigung, dass ich dir nicht gleich vertraut habe. Wenn du erst länger hier lebst, wirst du selbst erfahren, wie wichtig es ist, stets auf der Hut zu sein. Die Dunklen Engel versuchen mit allen Tricks, uns auf ihre Seite zu ziehen. Falsche Versprechungen oder«, sie setzte sich auf, die Anstrengung war ihr ins Gesicht geschrieben, »Gewalt. Die Schutzgelder, die wir zahlen müssen, sind ein Teil ihrer Strategie. Und wenn sie es nicht schaffen, dann kommen die Gerechten.« Tränen liefen ihr über die Wangen, als sie blicklos in die Ferne starrte.

Galina musste seinen Gesichtsausdruck missverstanden haben. Hätte sie geahnt, welche Gefühle in seiner Seele tobten, sie wäre nicht plötzlich redselig geworden, sondern hätte gewiss zu fliehen versucht. Stattdessen bat sie kaum hörbar: »Nenn mir deinen Namen.«

»Sam!«, sagte eine Stimme hinter ihm. »Was zum Teufel tust du da?«

Ein schriller Kampfschrei ertönte, und bevor er antworten konnte, flog ein Feuerball auf ihn zu. Blitzschnell angelte er die tödliche Waffe aus der Luft, bevor die Hütte in Flammen aufgehen konnte und sie alle darin verbrannten. Schützend stellte er sich vor Galina. »Iris, nicht!«

Ein Tumult entstand, und als er sich umdrehte, stand sie da, mit einer Hand den strampelnden Bengel am Schlafittchen gepackt, in der anderen ein Schwert, um eine wütende Miljena in Schach zu halten. Dennoch wirkte sie nicht besonders besorgt. Im Gegenteil: Iris sah aus, als hätte ihr das kurze Gerangel Spaß gemacht. »Himmel, wer hätte gedacht, dass du im Handumdrehen neue Freunde finden würdest.«

»Was will sie hier?« Miljena versuchte einen zweiten Feuerball zu formen, was nicht unbemerkt blieb.

Anstelle einer Antwort nahm er ihr die züngelnde Energie aus der Hand und betrachtete sie. »Nicht schlecht, aber überflüssig. Iris ist eine Wächterin, von ihr hast du nichts zu befürchten.« Damit ließ er das Feuer in seine Handfläche einsinken und genoss, wie es sich mit den spärlichen Resten seiner eigenen Energie verband. Wie lange würde es dauern, bis die Quelle das eigentümliche Vakuum in seinen Ressourcen wieder aufgefüllt hatte?

»Wow, cool. Kannst du mir das auch beibringen?« Aljoschas Augen strahlten.

Iris setzte den Jungen auf den Tisch. »Bleib da sitzen, oder ich schneide dir die Ohren ab!« Beiläufig steckte sie ihr Schwert ein. »Das Gleiche gilt für dich«, warnte sie Miljena und sah zu Samjiel. »Ist sie schon lange dein

Fan? Gestern sah das anders aus, wenn ich mich recht erinnere.«

»Du weißt, dass ich euch gefolgt bin.« Erschrocken sah das Mädchen sie an.

»Yep! Du musst noch viel lernen. Also?«

»Sam ist ein guter Engel.«

»Was du nicht sagst. Und woher kommt diese plötzliche Einsicht?« Sie ließ nicht locker, das gefiel Samjiel, denn er war ebenso interessiert an einer Erklärung.

»Ich habe es gespürt, als er mich nach Hause geflogen hat.«

»Wann … Oh, ich verstehe!« Sie zwinkerte ihm zu. *Deshalb warst du so lange verschwunden.* Laut sagte sie: »Dann hast du exzellente Instinkte, sehr gut.«

Samjiel wollte noch eine weitere Frage klären und nahm sie beiseite. »Ich hoffe, es ist dein schlechtes Gewissen, das dich hierhergeführt hat.«

Iris hatte den Anstand, verlegen auszusehen. »Das war keine böse Absicht. Ich konnte doch nicht ahnen, dass du gleich die Fliege machst, während ich Brötchen holen gehe.«

»Es hatte sich Besuch angemeldet, und mir fehlte die passende Garderobe.«

»Verstehe. Dem Himmel sei Dank für deine Manieren. Ich fürchte aber, dass es mir trotzdem nicht gelungen ist, meinen Ruf aufrechtzuerhalten. Dein Boss scheint auch nur zu glauben, was er sieht.« Ihr unbekümmertes Lachen berührte ihn mit einer Kraft, die ihn schwindelig machte. Am liebsten hätte er sie sofort in die Arme geschlossen.

Doch Galina humpelte durch die Tür und setzte sich

neben ihre Tochter auf die Bank. Sie sah erschreckend blass aus. Der kleine Junge kletterte auf ihren Schoß und sah bewundernd zu Miljena hinüber. Offenbar hatte er von ihren feurigen Talenten keine Ahnung gehabt. Galina ebenfalls nicht. Sie allerdings zeigte deutlich weniger Begeisterung: »Was wollt ihr von uns?«

Schließlich gelang es Iris, die kleine Familie davon zu überzeugen, die Stadt auf dem schnellsten Weg zu verlassen. Nach einem langen Telefonat, das sie vor der Tür führte, kam sie zurück, verzichtete jedoch darauf, sich zu setzen. »Ihr werdet abgeholt. Packt nur ein, worauf ihr auf keinen Fall verzichten könnt.«

»Aber das geht nicht, ich muss zur Probe!« Miljena standen die Tränen in den Augen.

»Willst du tanzen oder leben?« Bevor Iris noch mehr sagen konnte, legte Samjiel dem jungen Mädchen eine Hand auf die Schulter. »Es ist nicht hilfreich, wenn jemand wie du zu viel Aufmerksamkeit auf sich zieht.«

»Ich weiß, aber ich hätte so gern diese Rolle getanzt. Und ich hätte sie bekommen!« Ihr trauriges Lächeln berührte ihn mehr, als er zugeben wollte, und er sah Hilfe suchend zu Iris.

»Ich kann nichts versprechen.« Für einen Augenblick glaubte er, Trauer in ihrer Stimme zu hören. »Warten wir's ab.« Iris hob den Kopf und lauschte. »Sie sind da. Jetzt aber schnell!«

Galina griff nach einem Rucksack, der gepackt in ihrer Kammer gestanden hatte. »Ich bin immer vorbereitet«, erklärte sie und drückte dem Jungen einen abgegriffenen Teddy in die Hand. »Kommt!« An der Tür drehte sie sich um und mahnte sanft: »Vergiss deine Bücher nicht, Kind.«

Voller Bewunderung hatte Samjiel beobachtet, wie unaufgeregt Iris die Evakuierung der kleinen Familie organisierte. Es war noch nicht einmal Mittag, und in wenigen Minuten würden sie in eine bessere Zukunft aufbrechen.

Zwischendurch hatte Iris ihm immer wieder ein warmes Lächeln geschenkt und damit die Hoffnung genährt, dass sich auch sein Schicksal zum Guten wenden würde. Natürlich war das nicht mehr als eine Illusion, aber er war ihr dennoch dankbar. Die unerschrockene Wächterin riskierte viel für ihn, und er hatte keine Ahnung, warum sie das tat.

Ihm aber waren in den letzten Stunden zwei Dinge besonders deutlich geworden: Iris hatte recht behalten – das Leben *war* schön, und Gefühle zu haben, stellte sich auf verwirrende Weise immer mehr als eine einzigartige Befreiung heraus.

Er war ein Krieger und würde auch diese Schlacht erfolgreich schlagen. Sein farbenprächtiger Engel war ein Geschenk des Himmels, das er nie wieder loslassen wollte.

»Danke.«

»Wofür denn?« Samjiel zog sie in seine Arme. »Dafür, dass ich dir als Strafe für deine List mit dem Engelsfeuer nicht den hübschen Hintern versohle?«

»Zum Beispiel.« Mit halb geschlossenen Augen genoss sie die Sicherheit, die seine Gegenwart ihr vorgaukelte. »Du findest mich hübsch?«

»Nein.«

»Prima, ich schätze Ehrlichkeit.«

»Das tue ich auch.«

Er klingt so kalt. Mit einer Drehung wand sie sich aus seiner Umarmung. »Dann wäre wohl alles gesagt.« Der leichte Ton war nur Täuschung gewesen. Selbstverständlich war er wütend. Kein Krieger, der etwas auf sich hielt, würde es leichtherzig verzeihen, beraubte man ihn seines Feuers. Warum hatte sie geglaubt, Sam wäre anders?

»Hast du nichts vergessen?« Die eisige Stimme ließ auch die letzte Hoffnung ersterben.

Den Tränen nahe bemühte sie sich um die gleiche professionelle Haltung. »Ja, natürlich. Einen Moment, es dauert nicht lange.« Sie ließ einen riesigen Energieball in ihrer Hand erscheinen, aus dem blaue Flammen gierig züngelten. »Hier, der Rest kommt von selbst zurück!« Mit einer blitzschnellen Bewegung stieß sie ihm das Engelsfeuer in die Brust und drehte sich auf dem Absatz um. Nie wieder wollte sie etwas mit diesem widerlichen Kerl zu tun haben! Ihre Schwingen färbten sich im blassen Blau der Tränen, die sie weinte, bevor sie wie von einem Katapult geschleudert in die Höhe schoss. In ihren Ohren rauschte es, und sie hätte sich für ihre Naivität ohrfeigen können. Ausgerechnet der General der Gerechten sollte sich in sie verlieben? Lächerlich! Dieser Engel mochte seine Gefühle wiedergefunden haben, für sie aber würde er sich nicht einmal interessieren, wenn sie die Einzige auf der Welt wäre, die seine Seele retten konnte.

Iris, schönste aller Blumen!

Ratlos sah sie sich um, doch niemand war zu sehen.

Iris!

Seine Stimme! »Sam, was willst du noch von mir?« Mit kräftigen Flügelschlägen versuchte sie, ihn abzuhängen.

Vergebens – plötzlich schoss er vor ihr in die Höhe, umarmte sie und flog mit ihr, obwohl sie sich angemessen zur Wehr setzte, in einem weiten Bogen über die Stadt hinweg zur Festung, wo er sich mit ihr auf seinem Lieblingsplatz hoch oben über der Peter-und-Paul-Kathedrale niederließ. Erneut versuchte sie sich loszureißen, doch er erlaubte es nicht. »Iris, hör mir zu. Ich finde dich nicht hübsch …«

»Oh, jetzt fang nicht wieder davon an. Ich habe es ja begriffen!«

»Für mich bist du das verführerischste Geschöpf des Himmels und der Erde.«

»Lass mich … Was?« Sie gab die Gegenwehr auf. »Warum sagst du das?«

»Weil es wahr ist. Iris, ich habe so lange ich denken kann für Michael und seine Sache gekämpft, und mir ist klar, dass ich nur ein *Job* für dich bin. Aber du sollst wissen, dass ich keine andere jemals so sehr lieben und begehren werde wie dich.«

»Aber wir sind Engel. Was ist mit den Regeln?«

Sein Lachen klang in ihren Ohren wie eine Melodie, die sie schon immer geliebt hatte. »Du kannst es nicht lassen, mich zu provozieren.« Samjiel griff in seine Tasche und zog ein Stück Holz heraus.

»Was ist das?«

Er drehte es um und zeigte ihr eine antike Mariengestalt, deren fast verblichener Heiligenschein die Farben des Regenbogens trug. »Hiermit hat alles begonnen. Ich möchte es dir schenken, als Zeichen für die Veränderungen, die du in mein Dasein gebracht hast.«

Behutsam strich sie über die uralte Malerei und steckte die ungewöhnlich kleine Ikone schließlich ein. »O Sam!« Iris musste mit den Flügeln schlagen, um nicht das Gleichgewicht zu verlieren, dann küsste sie ihn, und als sie wieder zu Atem kam, flüsterte sie: »Dieses Mal machen wir alles richtig, versprochen!« Wahrscheinlich war die Überraschung daran schuld, dass er seinen Griff lockerte und sie durch seine Arme rutschte. Übermütig drehte sie eine Runde um den Turm und *ihren* Engel. Beim Versuch, auf der anderen Seite des Querbaums neben Samjiel zu landen, passierte es. Sie fand keinen Halt, rutschte ab und glitt, ohne sich festhalten zu können, die goldene Engelstatue hinab. Ihre Flügel waren unbrauchbar. Obwohl sie heftig damit schlug, konnte sie sich nicht in der Luft halten und verlor im Sturz die Balance, stieg schließlich doch wieder höher, geriet erneut ins Trudeln und wäre ungebremst auf den Steinplatten vor der Kathedrale aufgeschlagen, wäre Samjiel ihr nicht gefolgt und hätte sie im letzten Moment aufgefangen. Er hielt sie fest umschlungen, versuchte aufzusteigen, doch nichts geschah. Über ihnen zogen dunkle Wolken auf, und ein Gewitter braute sich zusammen. Erste Regentropfen fielen, die Menschen um sie herum eilten Schutz suchend über den Platz, von ihrer Not bemerkten sie nichts.

»Das ist Michael«, rief Samjiel gegen den aufbrausenden Sturm an. »Du musst dich verstecken!«

Doch dafür war es zu spät. Mit glänzendem Brustpanzer und der Felduniform eines römischen Heerführers hätte er in dieser Welt lächerlich aussehen müssen. Stattdessen flößte der Anblick des Erzengels mit wehendem Haar und den mächtigen Schwingen, die sich in ganzer Pracht entfalteten, jedem seiner Gegner Furcht ein. »Samjiel, du hast mich enttäuscht! Ergib dich, und ich werde deine Hure verschonen!«

Iris befreite sich aus Sams Armen, richtete sich zu voller Größe auf und öffnete ihre Flügel, die in der Farbe frischen Blutes glühten: »Du kannst mich nicht töten, ich handele in Nephthys' Auftrag.«

»Und mein Auftrag ist es, die Schöpfung zu bewahren. Wenn du dich einmischst, ist dein Tod nicht mehr als ein Kollateralschaden.« Er bedachte sie mit einem Blick, der ihr das Blut in den Adern gefrieren ließ. »Sag du es ihr, Samjiel!«

»Er wird dich umbringen, Iris. Bitte geh, dies ist mein Kampf.«

Sie wusste, dass er die Wahrheit sagte. Michael kümmerte sich nicht um Vereinbarungen, wenn es um den Schutz seiner Regeln ging. Wut und Verzweiflung waren es wahrscheinlich, die ihr trotz des Banns – den er ihr ganz offensichtlich auferlegt hatte – die Kraft gaben, sich zu widersetzen. Blitzschnell formte sie einen Feuerball und schleuderte ihn in seine Richtung.

Damit hatte der Erzengel nicht gerechnet – erst in letzter Sekunde fing er die Kugel auf und sandte sie, verstärkt durch sein eigenes Feuer, zurück. Dabei zeigte seine Miene keinerlei Regung.

Samjiel reagierte dafür umso heftiger. Er stieß Iris grob beiseite und versuchte, das Geschoss aufzufangen. Es durchschlug seine rechte Hand und einen Großteil des Flügels.

Sie wollte ihm zu Hilfe eilen, doch eine unbekannte Kraft zwang sie, im Eingang der Kathedrale Schutz zu suchen, während Samjiel mit hoch erhobenem Schwert auf Michael zustürmte.

»Das war der letzte Fehler, den du begangen hast!« Ihre Klingen trafen mit solcher Wucht aufeinander, dass die Funken den gesamten Platz in ein furchtbares Licht tauchten. Womit Samjiel nicht gerechnet hatte, war, dass Michael nicht selbst gegen ihn antreten würde. Aus allen Himmelsrichtungen kamen nun Gerechte, um ihren einstigen Kommandeur zur Strecke zu bringen.

Um an seiner Seite kämpfen zu dürfen, hätte Iris alles gegeben, aber sie konnte nicht einmal die Nase rümpfen, als der Geruch von verbranntem Fleisch zu ihr herüberwehte, oder die Augen schließen, wenn einer der Angreifer Samjiel zu nahe kam. Gebannt beobachtete sie die ungleiche Schlacht. Er kämpfte großartig, doch am Ende fehlte ihm die Kraft, um sich gegen die Attacken einer Armee zu verteidigen, die er selbst geschult hatte.

Mit einer einzigen Handbewegung schickte Michael schließlich seine Untergebenen fort und sah auf den blutenden Engel herab, der einst sein Vertrauter und Weggefährte gewesen war. »Der Lichtbringer würde dich mit offenen Armen willkommen heißen, aber das wäre keine gute Idee; das Nichts wäre deine Erlösung. Doch das wäre zu einfach, nicht wahr?« Angeekelt verzog er das Gesicht. »Deine neu erwachte Liebe zu allem Irdischen hat mich auf eine viel bessere Lösung gebracht.« Mit gezogenem Schwert, die Spitze genau auf Samjiels Brust gerichtet, umrundete er ihn. »Sterblich sollst du sein!«, und bevor Samjiel reagieren konnte, stieß er zu.

Iris schrie auf, endlich lösten sich ihre unsichtbaren Fesseln, und sie rannte über den großen Platz zu Samjiel, stürzte vor ihm auf die Knie, griff nach seiner Hand. In der Ferne hörte sie ein abfälliges Lachen – vier Kupfermünzen fielen herab.

»Feigling!«, schrie sie dem Erzengel hinterher. »Töten kann jeder, doch das Leben zu behüten, das ist die wahre Kunst.« Verzweifelt blickte sie in die Wolken hinauf, doch nichts geschah. »Es ist meine Schuld, so helft ihm doch!«

Nicht ihre Chefin erhörte schließlich ihr Flehen, sondern der ewig alles besser wissende Gabriel. »Habe ich dir nicht gesagt, dass es keinen Sinn hat, sich mit ihm anzulegen?« Elegant landete er neben ihr auf dem regennassen Kirchhof. »Was ist das?« Er sammelte die winzigen Geldstücke ein und betrachtete sie interessiert. »Tolle Rente, die der Geizhals da zahlt: ein halber Obolus.« Er steckte sie ein. Danach kümmerte er sich endlich um Samjiel.

Voller Angst wartete Iris auf seine Diagnose, zu aufgeregt, um über die Bemerkung nachzudenken.

Nach eingehender Inspektion richtete sich Gabriel auf und hielt ihr die ausgestreckte Hand entgegen. »Dem ist nicht mehr zu helfen.«

»Du hast gewusst, wie es ausgeht!« Sie schlug sein Angebot aus und sprang ohne Hilfe auf die Füße.

»Zu viel der Ehre. Ich habe es geahnt.« Wie üblich, wenn er recht behalten hatte, plusterte er sich ein wenig auf, aber als er ihren Gesichtsausdruck bemerkte, faltete er seine Flügel hinter dem Rücken zusammen, und seine Miene wurde ernst. »Dein Sam ist durchlöchert wie ein Schweizer Käse. So was überlebt ohne magische Unterstützung nicht einmal ein *normaler* Engel.«

»Dann hilf ihm doch!« Iris fiel erneut auf die Knie und

bettete Samjiels Kopf in ihrem Schoß. »Er hat Erbarmen gezeigt. Ist das denn gar nichts wert?«

»Ich weiß.« Gabriel beugte sich noch einmal herab. »Aha, verstehe! Um ganz sicherzugehen, hat sein *liebenswürdiger* Chef dafür gesorgt, dass er nicht mehr unsterblich ist. Iris, es tut mir leid. Der General ist Geschichte, und – wenn ich mir die Bemerkung erlauben darf – die Kollegen sind bereits im Anmarsch.« Er wies nach oben, wo dunkle Schatten über sie hinweghuschten wie hungrige Albträume.

»Iris, lass mich gehen. Ich habe diese Bestrafung verdient.« Schwer atmend hielt Samjiel inne und schloss die Augen.

»Sam! Nein, bleib bei mir!«

»Ach Engelchen, wie gern würde ich … die Regeln!« Sein Kopf rollte zur Seite, und mit weit geöffneten Augen blickte er in den Himmel.

»Gabriel, tu doch was!« Verzweifelt sah sie zu ihrem Wächterkollegen auf.

Ein eigenartiges Licht flackerte in seinen Pupillen, als wollte er ihr etwas mitteilen. Laut sagte er nur: »Furchtbar, wenn unsereins die Unsterblichkeit verliert.«

Und plötzlich wusste sie, was zu tun war. Iris nahm all ihre Kräfte zur Hilfe, rief das Engelsfeuer und legte beide Hände auf den Solarplexus des Sterbenden. Lautlos zählte sie bis drei.

»Jetzt«, befahl Gabriel, der dicht hinter ihr stand.

Nachdem sie tief Luft geholt hatte, sagte Iris kaum hörbar: »Ich schenke dir meine Unsterblichkeit. Bedingungslos und nur von der Liebe getragen!«

Nichts geschah.

Schließlich wiederholte sie ihre Worte mit kräftiger Stimme.

Zuerst blieb alles ruhig. Endlich aber öffnete Samjiel langsam die Augen. Als er sie erblickte, erhellte ein Lächeln sein blasses Gesicht. »Liebes …« Blut quoll ihm aus dem Mund, und er hustete.

Sofort war Gabriel an seiner Seite, hob den Sterbenden auf und öffnete die Schwingen. »Uns bleibt wenig Zeit.« Damit stieg er auf.

Vergeblich versuchte Iris, ihnen zu folgen. Schließlich ließ sie die Arme sinken und sah ihnen nach, bis sie in den dichten Wolken verschwunden waren.

»Gut gemacht«, hörte sie eine Stimme sagen. »Wie wäre es mit einem Ausflug nach Glasgow?«

Leidenschaft,
die Flügel verleiht …

INTERVIEW MIT JEANINE KROCK

Mit ihren bezaubernden Geschichten voll übersinnlicher Romantik und großer Gefühle berührt Jeanine Krock die Herzen Tausender Leserinnen und Leser. Mit ihrer Fantasy-Reihe »Licht und Schatten« hatte sich Jeanine Krock bereits einen Namen gemacht, bevor sie sich mit ihrem großartigen Engel-Epos »Flügelschlag« endgültig an die Spitze der deutschsprachigen Fantastik-Autoren schrieb. Im nachfolgenden Interview gewährt die Autorin einen Blick hinter die Kulissen.

Wie sind Sie Schriftstellerin geworden?

Der Grundstein dazu wurde vermutlich in frühester Kindheit gelegt. Als den Vorlesern in meiner Familie allmählich die Geschichten ausgingen habe ich begonnen, mir neue Abenteuer meiner Lieblingshelden auszudenken. Bald war ich die Erzählerin und andere hörten zu oder wir inszenierten gemeinsam unsere eigenen Theaterstücke. Aufgeschrieben habe ich diese Fantasien leider nicht und später war ich mehr an historischen Kostümen und den Geschichten dahinter interessiert. Nur hin und wieder schrieb ich einen Artikel für eine Fachzeitschrift oder einen Konzertbericht.

Mitte der neunziger Jahre änderte sich das. Ich hatte einen Reitunfall, dessen erfreulichste Spätfolge es sicherlich war, dass ich mit dem Schreiben begann.

In ihrem Roman »Flügelschlag« erzählen Sie die berührende Liebesgeschichte zwischen dem gefallenen Engel Arian und der bezaubernden Ärztin Juna. Was hat Sie zu dieser Geschichte inspiriert?

Die Idee zu »Flügelschlag« kam mir vor einigen Jahren beim Betrachten einer außergewöhnlichen Statue des gefallenen Engels Luzifer in der Kathedrale St. Paul zu Liège in Belgien. Ich musste mich einfach näher mit ihm beschäftigen. Damals arbeitete ich allerdings an anderen Projekten und – Luzifer oder nicht – er und seine himmlischen »Kollegen« mussten noch warten.

Ein Besuch in der erstaunlichen Stadt Glasgow war dann der Auslöser dafür, dass ich mich hinsetzte und das Exposé zu »Flügelschlag« schrieb, denn plötzlich war ich mir sicher, dass eine Engelsgeschichte hier und nirgendwo anders spielen musste.

Glasgows energiereiche Atmosphäre, die Bewohner und die schottische Landschaft ergeben eine wunderbare Kulisse für allerlei Himmelsboten und deren gefallene Kollegen.

Nach Ihrem Roman »Wind der Zeiten«, in dem die Engel keine Rolle spielen, sind Sie nun mit »Himmelsschwingen« in die Welt von »Flügelschlag« zurückgekehrt. Was fasziniert Sie am meisten an diesen Wesen?

Wenn man sich in der Kunstgeschichte ein wenig umsieht, stellt man schnell fest, dass Engel uns zu allen Zeiten fasziniert haben. Etwa die Hälfte aller Deutschen glaubt auch heute noch, ein Schutzengel wache über sie.

Engel sind die Boten des Göttlichen und gefährliche Krieger, sie behüten und sie strafen. Vor allem aber sind sie keineswegs unfehlbar und das macht Engel – und ganz besonders ihre gefallenen, dunklen Brüder und Schwestern – so interessant für eine Geschichtenerzählerin. Dass sie außerdem auch noch fliegen können, empfinde ich als zusätzlichen Reiz.

Gibt es ein fantastisches Wesen, das Sie – abgesehen von den Engeln – am meisten begeistert?

Vampire. Diese dunklen Geschöpfe mit ihrem ausgeprägten Interesse an unserem Blut, an unserer Lebensenergie, begleiten mich bereits seit meiner Jugend und werden immer einen besonderen Platz in meinem Herzen einnehmen. Doch auch die Feenwelt finde ich außerordentlich fesselnd. Orakel, Seher und Hexen inspirieren meine Fantasie und ich liebe Drachen. Wie es aussieht, habe ich wohl doch keine ausgesprochenen Vorlieben.

Ein besonderes Merkmal Ihrer Romane ist u. a. das außergewöhnlich atmosphärische Setting. »Flügelschlag« spielt in Glasgow, »Wind der Zeiten« in den schottischen Highlands und »Himmelsschwingen« in Sankt Petersburg. Verbinden Sie mit diesen Orten etwas Besonderes?

Jeder dieser Orte hat seinen eigenen Zauber. Sankt Petersburg beeindruckt durch prachtvollen Bauwerke und überwältigende Kunstsammlungen aus der Zarenzeit. Die weniger glanzvolle Seite ist geprägt von Armut und den bis in die Gegenwart reichenden Schatten einer dunklen Vergangenheit. Verwahrloste Straßenkinder und dreiste Taschendiebe gehören ebenso zum Stadtbild wie unfassbarer Reichtum. Diese Gegensätze dürften für jeden Schriftsteller reizvoll sein. Was Großbritannien betrifft, oute ich mich gern als ausgesprochen anglophil. Ich mag Land und Leute einfach sehr und neige gelegentlich ganz bestimmt dazu, nicht nur die schottische Landschaft durch die rosarote Brille zu sehen.

Bereisen Sie die Orte, die in Ihren Romanen eine Rolle spielen?

Obwohl man inzwischen fast alle Punkte dieser Erde mit Hilfe des Internets recherchieren und »besuchen« kann und in den Bibliotheken ausreichend Literatur zur Verfügung steht, ist mir auch der persönliche Eindruck wichtig. Erst wenn ich eine Stadt oder eine Landschaft selbst erspürt, die Gerüche und Geräusche selbst wahrgenommen habe, wird sie mir vollends vertraut. Deshalb besuche ich diese Orte tatsächlich, oder bediene mich an den Eindrücken, die ich von zahlreichen zurückliegenden Reisen mitgebracht habe.

Ohne Bösewichte kann es keine Helden in einem Buch geben. Ist es für Sie als Autorin leichter, einem Schurken Gestalt zu verleihen oder gehen Ihnen die »guten« Figuren leichter von der Hand?

Nicht einfacher, aber es macht, wenn ich ehrlich bin, häufig größeren Spaß. Das mag daran liegen, dass die »Guten« nicht so frei in ihren Entscheidungen sind. Sie müssen sich an Spielregeln halten, die für den Bösewicht oftmals nicht gelten. Dieser wiederum darf im geschützten Raum eines Romans manchmal stellvertretend für die Leser – und selbstverständlich auch für die Autorin – über die Stränge schlagen. Das gilt natürlich nur für die charmanten Schurken. Dem wirklich »Bösen« legt man am Ende doch lieber das Handwerk.

Wenn Sie an all Ihre Romane zurückdenken, gibt es eine Figur, die Ihnen besonders ans Herz gewachsen ist?

Die gibt es tatsächlich. Während ich die Zeitreisende Johanna in »Wind der Zeiten« ins achtzehnte Jahrhundert begleitete und praktisch »live« dabei war, als sie versuchte, das gewöhnungsbedürftige Leben an der Seite eines gefürchteten Clan-Chief zu meistern, ist sie beinahe zu einer Freundin geworden. Und weil wir gerade über charmante Schurken sprachen: Für Lucian, den gefallenen Engel aus »Flügelschlag«, habe ich wirklich eine Schwäche. Ich fürchte, in ihn habe ich mich ein bisschen verliebt. (*lacht*)

Zum Glück weiß eine Autorin sich in einem solchen Fall zu helfen: Sie schreibt ihrem Lieblingscharakter einfach die männliche Hauptrolle in einem neuen Roman auf den Leib.

Was für ein Gefühl ist es, die eigenen Bücher im Laden stehen zu sehen?

Ein fantastisches Gefühl, in mehrfacher Hinsicht. Natürlich freue ich mich und bin auch ein bisschen stolz darauf, dass es eines meiner »Babys« überhaupt bis dahin geschafft hat. Selbstverständlich ist das nicht. Geradezu fantastisch ist es auch deshalb, weil ich so viel Zeit mit der Geschichte verbracht habe, gemeinsam mit Lektoren und Redakteuren daran gearbeitet, das Cover begutachtet, den Klappentext geschrieben und wieder verworfen habe, dass ich es am Ende kaum glauben kann, wenn das Ergebnis dann ordentlich gestapelt und in illustrer Gesellschaft auf einem dieser besonderen Tische in den Buchhandlungen liegt.

Was war der bisher schönste Moment in Ihrem Schriftstellerleben?

Wenn man sich darauf einlässt, gibt es in diesem Beruf eine Reihe »magischer« Momente. Das kann eine spontane Idee sein, oder der Punkt hinter dem letzten Satz eines Romans. Das druckfrische Buch zum ersten Mal in den Händen zu halten ist immer aufs Neue eine wunderbare Erfahrung. Besonders berührend jedoch sind Leserreaktionen wie die einer jungen Frau beispielsweise, die mich bat, einen Roman für sie zu signieren. Im Begleitschreiben schilderte sie, wie ihr meine Geschichten helfen, ihr wirklich trauriges Schicksal für einige Stunden zu vergessen. Das Buch war dermaßen zerlesen, dass es fast auseinanderfiel. Aber sie wollte partout kein neues, sondern dieses Exemplar behalten. Es muss nicht immer so dramatisch sein, aber wenn jemand mit leuchtenden Augen erzählt, wie sehr ihn ein Buch beeindruckt hat, dann ist das wohl für jeden Schriftsteller ein ausgesprochen glücklicher Moment.

Was wünschen Sie sich selbst für Ihre Zukunft als Autorin?

Neues zu lernen und auszuprobieren, mich weiterzuentwickeln und auch in Zukunft Geschichten erzählen und veröffentlichen zu dürfen, mit denen ich die Fantasie der Leserinnen und Leser beflügele. Dafür wünsche ich mir weiterhin Ideen, immer eine gute Tasse Tee in Reichweite sowie meine beiden vierbeinige Musen unter dem Schreibtisch …

Leseprobe

Jeanine Krock

FLÜGELSCHLAG

I

Juna lauschte. Draußen senkte sich die Nacht über den Garten, und ihre Leselampe zeichnete einen hellen Kreis auf den abgetretenen Teppich unter ihren Füßen. Außer dem Brummen des Kühlschranks in der offenen Küche war nichts zu hören. Aber hatte sie nicht gerade doch etwas gehört?

Da war es wieder. So ein leises klapperndes Klirren, als würden Kleiderbügel aneinanderstoßen. Eine plötzliche Vorahnung beschleunigte ihren Herzschlag. So eindringlich warnte sie ihre innere Stimme davor, der Sache nachzugehen, dass Juna beinahe laut widersprochen hätte. Trotzdem zögerte sie, bevor sie das Buch beiseitelegte und aufstand. Ängstlich war sie nicht. Das durfte man in Glasgow auch nicht sein. Obwohl sie in keiner besonders gefährlichen Gegend wohnte, galt hier wie überall: Wer am Spätnachmittag oder abends allein unterwegs war, tat gut daran, eine gewisse Selbstsicherheit auszustrahlen … oder wenigstens schnell rennen zu können. Dies zumindest behauptete ihr Halbbruder John, der die Schotten allgemein, aber die Glaswegians ganz besonders verachtete. Sie hatten keinen guten Ruf im restlichen Land. Unberechenbar, wenn nicht gar gefährlich sollten sie sein, grob und laut.

Dass sie ausgerechnet an John denken musste, während sie leise durch den dunklen Hausflur ging, ließ sie frösteln. Vermutlich würde er sich liebend gern in ihrem Zimmer zu schaffen machen. Zu ihrem dreizehnten Geburtstag hatte er sie auf den Mund geküsst, und ein Jahr später war er eines Nachts an ihrem Bett aufgetaucht und hatte seltsame Dinge gesagt. Erst als sie gedroht hatte, sie würde das ganze Haus zusammenschreien, war er endlich verschwunden. Seither hatte sie sich häufig gefragt, was er in jener Nacht gewollt haben könnte.

Damals hatte sie gefürchtet, er könnte mehr als brüderliche Zuneigung für sie empfinden. Genau dies war kurz zuvor auch einer ihrer Mitschülerinnen passiert. Später schämte sie sich für diese Verdächtigungen. Er machte sich zwar noch heute über den Akzent lustig, der ihre nördliche Herkunft verriet, wenn sie aufgeregt war, aber als sie ihm einmal erzählt hatte, dass die Schüler in der vornehmen Londoner Privatschule, die auch er besuchte, sie deswegen ständig hänselten, hatte er seine kleine Halbschwester in Schutz genommen.

»Niemand spricht schlecht über die MacDonnells!«, forderte er, und seltsamerweise hielten sich fortan die meisten Kinder daran.

George, der auch zu anderen Schülerinnen besonders gemein gewesen war, brach sich kurz darauf ein Bein. Richard, sein bester Freund, kam mit einem blauen Auge zur Schule, und mit Emma, der Tochter eines Abgeordneten im britischen Oberhaus, unter deren Sticheleien sie besonders zu leiden gehabt hatte, wurde Juna irgendwann selbst fertig.

John war nicht unrecht. Er hatte es nie leicht gehabt, seine ehrgeizige Mutter zufriedenzustellen, und außerdem hatte nie jemand mit Sicherheit sagen können, ob er hinter den *Unfällen* ausgerechnet der Schüler steckte, die seine Familie beleidigt hatten.

Juna bemühte sich, die Gedanken an ihren Bruder zu verdrängen. Je näher sie ihrem Zimmer kam, aus dem nun kein Laut mehr drang, desto beunruhigender wurden ihre Fantasien, von denen die eines bewaffneten Einbrechers noch die harmloseste war. Ihr Herz klopfte laut. Wahrscheinlich würde sie es nicht einmal bemerken, wenn der Einbrecher plötzlich laut in die Hände klatschte. *Ich habe keine Angst*, machte sie sich selbst Mut. Nachdem sie eines Abends auf dem Weg vom Bahnhof Queen Street zum Bus von Betrunkenen angegriffen und wahrscheinlich nur durch das Eingreifen einer Unbekannten letztlich mit dem Schrecken davongekommen war, hatte Iris ihr ein paar gemeine, aber wirksame Tricks gezeigt, die sie auf der Straße gelernt hatte.

Der vergessene Besen, über den sie im dunklen Flur beinahe gestolpert wäre, kam ihr gerade recht. Die hölzerne Waffe in einer Hand, öffnete sie mit der anderen die Tür zu ihrem Schlafzimmer.

Tartarus hatte er sich anders vorgestellt. Gewiss würde sich ihm dieser letzte Zufluchtsort für verstoßene Engel doch nicht als der duftende Wäscheschrank präsentieren, in dem er offenbar gelandet war? Trotz der ausgezeichneten Sehkraft, die ihn unter normalen Umständen auch in einem verdunkelten Raum nicht im Stich gelassen hätte, blieb sein Blick verschwommen. Arian versuchte sich aufzurichten und schlug hart mit dem Kopf an. Etwas kitzelte ihn an der Nase, und als er es beiseiteschieben wollte, hielt er ein zartes Spitzengebilde in der Hand, das er jetzt, da seine Sicht wieder frei war, auch deutlich erkennen konnte. Sollte dies etwa seine persönliche Hölle sein: eingepfercht in einen Schrank, mit den Fantasien eines gesunden Mannes ausgestattet, der guten Gewissens behaupten durfte, seit Ewigkeiten keinen Sex mehr gehabt zu haben? Und was, wenn dieser Schrank im Schlafzimmer einer schönen jungen Frau stand …? Morgens würde sie, ohne ihn zu sehen, hineingreifen und das geblümte Sommerkleid vom Bügel ziehen, das direkt vor ihm hing. Vor dem Spiegel würde sie sich drehen und wenden und, ohne von dem heimlichen Beobachter zu wissen, vielleicht völlig ungeniert weitere Kleider anprobieren. Am Abend käme ihr Freund …

Ein unbekannter Schmerz durchfuhr ihn. Das Grollen in seiner Kehle erschreckte sogar Arian selbst. War er wirklich eifersüchtig auf eine Fantasie? Es stimmte also: Getrieben von Gelüsten und Gier, hatte er durch den Sturz jegliche Kontrolle über sein Handeln verloren.

Bevor der Engelmacher ihm das Herz herausgeschnitten hatte, war er von einem weisen Lehrer unterrichtet worden. Nicht *was*, sondern *wie* man erträgt, ist wichtig, hörte er ihn sagen, als wäre es gestern gewesen. Jetzt hatte er Gelegenheit, diese Theorie zu überprüfen.

Mit den Fingerspitzen fuhr er über glattes Holz. Die Schranktür war nur angelehnt und schwang auf, Bügel klapperten. Arian hielt die Luft an und lauschte, ob sich etwas regte. Doch das Haus blieb still. Er machte einen Schritt hinaus, ein Dielenbrett knarrte unter seinem Fuß. Wieder verharrte er. Nichts. Oder war da ein leichtes Rascheln zu hören gewesen? Aufmerksam sah er sich um. Wie befürchtet, war er in einem Schlafzimmer gelandet. Jeder Dämon hätte sich in dieser Situation die Seele mit einem deftigen Fluch erleichtern können, doch kein Wort kam über seine Lippen. Engel durften nicht fluchen. Warum sollten sie einem Unmut Ausdruck verleihen, den sie gar nicht empfanden? Es war auch mehr Überraschung als Verärgerung, die ihn bewegte.

Nephthys hatte ihn, weiß Gott, schon an weit unangenehmere Orte geschickt. So gut immerhin kannte er sich in der menschlichen Welt aus, dass ein fremder Mann im Schrank eines Schlafzimmers selten gern gesehen war, zumindest vom Hausherrn. Arian hatte keine Lust, sich in seinem momentanen Zustand auf eine Auseinandersetzung einzulassen. Er sah sich um. Luftige Gardinen umrahmten zwei Sprossenfenster, ein mit Samt bezogener Sessel stand in der Ecke direkt neben einer altertümlichen Frisierkommode, auf der anstelle von Tiegeln und Töpfen ein Stapel zerlesener Bücher lag. Dem Titelbild nach zu urteilen, war das oberste ein Liebesroman. Seine Lippen kräuselten sich amüsiert. Zuletzt fiel sein Blick auf das riesige Bett aus geschmiedetem Eisen, auf dem zwischen zahllosen Kissen ein Lämmchen thronte, dessen Fell eher räudig als weich wirkte. Hier schlief kein Mann. Arian fühlte sich in diesem romantischen Mädchentraum noch mehr wie ein unwillkommener Eindringling und wollte nur noch unbemerkt verschwinden. Engel, die zur Erde gesandt wurden, kamen dort jedoch ohne weltliche Besitztümer und nur in ihrem Geburtskleid an. Und als er an sich herabsah, hatte sich zumindest in dieser Hinsicht für ihn nichts geändert, egal, zu was ihn seine Begegnung mit dem Michaelisschwert gemacht hatte.

Er spürte Schwindel und stützte sich an der Schranktür ab. Momentan war er in keiner guten Verfassung und vermochte nicht einzuschätzen, was bei seinem Sturz mit ihm geschehen war. Was, wenn er nicht mehr unsichtbar wäre? Er trug keinen Faden am Leib und tat gut daran zu sehen, wie er seine Blöße bedeckte. Im jetzigen Zustand waren seine Sinne gedämpft, wie die eines Betrunkenen.

Dennoch, die leichte Bewegung der Atmosphäre warnte ihn gerade noch rechtzeitig: Jemand näherte sich behutsam, aber zielstrebig der Schlafzimmertür. Jemand, dessen innere Magie ein ungewöhnliches Profil aufwies. Nein, doch nur ein Mensch … kein Dämon. Aber auch so standen die Chancen schlecht, dass derjenige freundlich auf Arians Eindringen in sein Haus reagieren würde.

Dem Himmel sei Dank! Gerade noch rechtzeitig entdeckte er einen geeigneten Schutz. Sekunden später flog die Tür auf, und eine Furie sprang herein. Sie trug einen Besen in der Hand und sah kampfbereit aus. Arian stand ganz still.

Juna erstarrte. Mit allem hatte sie gerechnet, aber nicht damit, einen halbnackten Mann neben ihrem Bett vorzufinden. Es knackte leise, und ein Knopf sprang auf den Holzfußboden, drehte sich mehrmals um sich selbst. Juna verfolgte mit den Augen seinen Weg unter das Bett, bis er nicht mehr zu sehen war. Der Einbrecher hatte sich nicht vom Fleck gerührt, und weil sie sich absurderweise davor fürchtete, ihm ins Gesicht zu sehen, betrachtete sie stattdessen erst einmal seine Füße: *ebenmäßig, leicht gebräunt, keine Schuhe*, registrierte ihr Gehirn. Ihr Blick wanderte weiter hinauf. Fast beiläufig stellte sie fest, dass ihm der Kilt zu groß war und tief auf den Hüften saß. Ein leichtes Flattern in der Magengegend bewies, dass sie nicht gänzlich immun gegen diese Aussicht war. Junas Blick hielt sich an den Fäden fest, die am Bund aus dem Stoff ragten, bis sie ihren Puls wieder im Griff hatte. Ein Knopf fehlte. Sie hatte ihn längst fester annähen wollen, doch es war ihr immer etwas dazwischengekommen. Sie ertappte sich bei der Vorstellung, wie das mürbe Garn des zweiten Knopfs ebenfalls reißen würde. *Du spinnst*, rief sie sich innerlich zur Ordnung. Des Angestarrtwerdens offenbar müde, streifte der Fremde das ebenfalls reparaturbedürftige Hemd über, das er die ganze Zeit in der Hand gehalten hatte, als habe er jedes Recht dazu.

Alle Furcht war vergessen, und endlich sah sie ihn an.

»Hallo!« Juna räusperte sich, konnte aber vor Aufregung nicht weitersprechen.

Der Mann erstarrte erneut, als habe er nicht erwartet, dass sie ihn ansprechen würde.

Was hat er geglaubt? Dass ich wieder hinausgehe, als sei nichts geschehen? Erst jetzt begriff Juna, dass er sie die ganze Zeit ebenso konzentriert gemustert hatte wie sie ihn. Seine Augen leuchteten in dem strahlenden Blau eines klaren Highlandhimmels, und der Kontrast zum nahezu schwarzen halblangen Haar war umwerfend. Doch das Bemerkenswerteste war seine Aura. Hätte sie die Hand ausgestreckt, sie wäre nicht sicher gewesen, ob sie Haut oder etwas Lichtes und weniger Stoffliches unter ihren Fingerspitzen gefühlt hätte.

»Bist du echt?«, platzte es aus ihr heraus.

»Verdammt!« Er zuckte zusammen, als habe ihn der Klang seiner eigenen Stimme überrascht.

Mit einem Fluch hatte sie ebenso wenig gerechnet wie mit den unterschiedlichen Emotionen, die sein Gesicht wie flüchtige Schatten streiften: Erschrecken, Ärger … schließlich Resignation und gleich darauf nur noch Leere. Junas Herz schmerzte bei diesem Anblick. Doch sofort schalt sie sich eine dumme Gans. Was kümmerten sie die Befindlichkeiten dieses Einbrechers? Und plötzlich hoffte sie, dass er dies auch war: nur ein Eindringling, der glaubte, es gäbe in ihrem Haus etwas zu holen. Sie umfasste den Besenstiel fester.

»Wer bist du?«, fragte er scharf.

Lesen Sie weiter in:

Jeanine Krock

FLÜGELSCHLAG